二見文庫

父の愛人の匂い

深草潤一

目次

父の愛人の匂い

第一章　十一枚の写真

1

日曜日、吉崎哲朗《よしざきてつろう》は昼近くになってベッドから起きだした。着替えてリビングに行くと、ソファで新聞を広げていた母の喜久枝《きくえ》が顔を上げた。

「おはよう。今日もアルバイトなの？」

「うん。夕方から」

「頑張りすぎて、体を壊さないようにしてちょうだい」

「大丈夫だよ、無理はしてないから」

都内の大学に通う哲朗は、四年生になって履修科目が減ったため、コンビニのアルバイト時間を少し増やした。週末はこれまで通り、土曜は時給の高い深夜のシフトに入って明け方まで働き、日曜も夜間に入っている。

「とにかく体には気をつけてね。ご飯はどうする？」

「もう少ししてからでいい」

「そうなの。じゃあ、とりあえず支度だけしておくわね。用事があって、これからちょっと出かけるから」

喜久枝が立ち上がり、哲朗は入れ替わりにソファに腰を下ろした。新聞の見出しをざっと追っていくと、眠気はもうないのに大きな欠伸《あくび》が出た。

先週、がんで亡くなった父知也《ともや》の四十九日法要を無事に終え、ようやく区切りがついたところだが、父親を亡くしたにしては、哲朗の喪失感は意外なほど乏しかった。

もの心ついた頃から父は仕事が忙しく、留守がちだったので、いつの間にか母と二人でいることに慣れてしまったからだろう。その方が自然というのは言い過ぎにしても、父がいないことにとりたてて違和感はないのだった。

それに、両親は夫婦仲がよくなくて、お母さん子の哲朗は、成長するにつれて父から気持ちが離れていった。

とりわけ、中学に入ったくらいからは、何かと父に反発して言い争うことも多くなり、それが今日まで続いてしまったのだ。

「そろそろ遺品の整理とか、やらないの？」

「そうねえ……」

納骨をすませたので、いつ父の部屋を片付けるのかと思って訊いてみたが、喜久枝は哲朗の食事の用意をしながら、ずいぶん気のない返事をする。

父とうまく行ってなかったとはいえ、やはり心にまだ引きずるものがあって、整理してしまうのが寂しいのかもしれない、と哲朗は考えた。ところが、

「夕方まで時間があるから、オレがやれるところはやっておいてもいいけど」

「だったら、任せるわ。哲っちゃんの好きにしていいから」

少しは手伝うくらいのつもりで言ってみたら、母は急に気が軽くなったように笑顔を見せた。それでは遺品の整理など面倒だと言っているのと同じだ。

しかし、それは口にしないで、じゃあ何か迷うことがあったら相談するから、と言って話を収めた。

「助かるわ……」

喜久枝はひとり言のように呟くだけで、テーブルにラップをかけたおかずの皿

を並べると、話題を替えた。

「そういえば、いつカノジョを紹介してくれるの？」

「ああ、その話……」

宮坂有希《みやさかゆき》の柔和な丸顔が頭に浮かんだ。同じコンビニのバイト仲間で、半年あまり前からつき合っている。大学の学部は違うが、彼女も四年生で同い年だ。

カノジョができたら会ってみたいから家に連れてきて、と前から母に言われていたが、紹介するほど深い仲になったのは有希が初めてだった。

つき合いはじめて間もなく父の病気がわかり、それどころではなかったが、そろそろ会わせてみようかと思い、交際している女子学生がいることを四十九日の前にちょっと匂わせておいたのだ。

「次の週末あたり、どうかなって思ってるんだけど」

「そうなの。それは愉しみね」

喜久枝は急に笑顔になり、出かける支度をするからと言って、弾むような足取りで自分の部屋に消えた。

しばらくして、着替えと化粧をすませた喜久枝が出て行くのを見送ると、お腹が小さく鳴った。ひとまず朝昼一緒の食事をして、食べ終えたら父の部屋の片付けを始めることにして、哲朗は温めるおかずを電子レンジにセットした。

2

父の知也が体調を崩し、末期の胆のうがんと診断されたのはゴールデンウィークが明けて間もなくのことだった。余命は三カ月と告げられた。他の臓器に浸潤、転移していて手術はできず、抗がん剤治療しか選択肢はなかった。

それでも一時は効果が見られたが、再び悪化に転じたあとは、増殖するがんの勢いに歯止めがかからず、日増しに衰弱していった。結局、医師の余命宣告より半月ほど長く生きただけで、父は逝《い》った。享年四十八、まさに働きざかりの死だった。

「なにから手をつけたらいいんだ……」

父の部屋を見回して、哲朗はため息交じりに呟いた。先週まで遺影と遺骨を置いていたので、ひとまず整頓されてはいるが、形見として取っておくものを選り分けるのは、簡単な作業ではなさそうだ。

「とりあえず、着るものは処分するしかないだろうな」

自分が着られるものはまずないし、さきほどの母の様子では、衣類を形見としてほしがるとも思えない。リサイクルショップで買い取ってもらえそうなものだけ残して、あとは処分してしまってかまわないだろう。

哲朗はそう判断して、残すものをピックアップしながら、あとはどんどんゴミ袋に放り込んでいった。服はともかく、ネクタイくらいは就職してから使えないかと思ったが、ことごとく趣味が合わなくて、無地のものを二本もらっておくだけにした。

衣類は最近のものからかなり年季の入ったものまでいろいろあった。作業を続けるうちに、父が生きてきた時間をゴミ袋に詰め込んでいるような気がして、ふと手が鈍った。

哲朗はいつも母の側に立って父を見ていたが、逆の見方をすれば、もっと違う父がいたのかもしれない。それを知らないままゴミ袋を一杯にしていくようで、何となく申し訳ない気持ちにもなるのだった。

それでもいつの間にか衣類の整理は片がついて、ゴミ袋は五つになった。選り分けたものを段ボール箱にたたんで入れて、部屋の隅に並べた。それだけで作業はかなり進んだように見える。

次はもう少し楽なところをやろうと思い、机の抽斗の中身を整理することにした。それなら椅子に座ったまま仕分けできる。

しかも、大切な書類や預貯金の通帳などはすでに母がまとめて保管したので、残っているのは気を遣う必要のないものばかりだ。

まだ使えそうなものと、捨てていいものに分けておいて、あとで見てもらえばいいだろう。

そうやって大雑把に分けて、机の上に並べていく。文具や雑貨は取っておいても仕方ないものばかりで、形見にするようなものもなかった。

いちばん下の大きな抽斗を開けると、中にはガラクタがごっそり詰まっていた。小型のCDプレイヤーやMDプレイヤー、使わなくなったACアダプター、充電器、使用済みと思われる乾電池など、とにかく捨てずにおいたのが不思議なものもかなりある。

古い携帯電話も三台あって、そのうちのひとつに目が留まった。

「これ、憶えてる……」

ひと目でいちばん古い機種だとわかる武骨な形だが、それだけは見憶えがあった。幼稚園か小学校くらいのときに父が使っていて、哲朗はせがんでよく触らせてもらい、携帯電話遊びをした記憶がある。

それはまだ父のことが好きで、たまに遊びに連れていってもらうのがうれしくて心待ちにしていた頃だ。

つい懐かしくなって、その携帯を撫でるようにいじり回した。ふと裏を見ると、バッテリーカバーにドラえもんの紙のシールが貼ってあった。

「オレが貼ったのか……」

貼ったこと自体は憶えていないが、間違いない。イタズラでやったわけではなく、おそらく〝大好きなドラえもんをお父さんの電話にも貼ってあげる〟という気持ちだったのだろう。

「こんなのが貼ってあったら、恥ずかしいだろうに」

しかし、それを父は剝がさずに貼ったままでいた。シールは汚れ、色落ちもしている。円形の縁は擦れて部分的に欠けていた。

眺めているうちに、父の生きていた時間をゴミ袋に詰め込んでいるような、さきほどの感覚が甦った。

「これは形見に取っておこう」

自然とそういう気持ちになった。父のことを好きだった頃の幼い自分を思い出して、熱いものがこみ上げてくる。

確かこの携帯で、何度か写真を撮ってもらったはずだ。その頃の自分を見てみたくなって、哲朗は充電器をさがした。もしかしたら、若い父も写っているかもしれない。

捨てずに残してあるガラクタの中から、充電器も何とか見つかった。コンセントに繋いで、充電している間に仕分けを続けようと思ったが、どうしてもその携帯が気になるので、充電器にセットしたまま電源を入れた。待ち受け画面に変わるまでがとても長く感じられる。

ようやく切り替わると、カメラ画像のフォルダをさがして開いてみた。

「これじゃ全然わかんないな」

モニターが小さくて、サムネイル画面では何が写っているのかさっぱりわからない。とりあえず最初から一枚ずつ開いてみると、仕事の資料として撮ったと思われるものが多かった。

「あった！　……でも、変な顔してんな、オレ！」

しばらくして幼稚園児の自分が現れ、哲朗は吹き出しそうになった。年少だろうか、何やら得意げに顎を突き出してみせるポーズが、いかにも幼児らしくて笑える。恥ずかしさより懐かしさが先に立って、食い入るように見つめた。

「どこだろう、これ……」

背後に遊具が写り込んでいるが、遊園地ではなく広い公園のようだった。

順にファイルを開いていくと、哲朗の写真はほかにもまだあった。どれも出かけた先で撮影したもので、家で撮られたものはないようだ。

父と出かけた場所はいくつか憶えているが、小さな写真で見るだけでは、なかなか思い当たらない。

それでも哲朗の胸にジンと響くものがあった。想像したよりも、父はたくさん写真を撮ってくれていたのだ。

遊びに連れて行ってくれるのはたまにしかなくて、いつも心待ちにしていたものだが、父もまた一人息子を連れ出すのを愉しみにしていたのだろう。

「やっぱり、オレの方から離れて行ったってことだよな……」

母の味方になることで自ら父を遠ざけたのだと、あらためて思った。ずっと反発してきたことが何やら虚しく感じられて、こみ上げる熱いものに、わずかに苦い味が混じった。

「ん!? なんだ、これ……」

ふいに奇妙な一枚が画面に現れた。ベンチに哲朗とどこかの赤ん坊が並んで座っている。哲朗はきょとんとレンズを見つめ、赤ん坊はあらぬ方向に目をやっている。

これくらいの歳の差の従弟妹はいないから、たまたま居合わせた子なのかもしれない。明らかにツーショットの構図はちょっと妙だが、ほかにその赤ん坊が写っていなければ、何か気まぐれでシャッターを押しただけなのだろう。

哲朗は保存されている写真をチェックするのに、すっかり夢中になっていた。父の過去を覗き見るというより、忘れていた自分に出会えるのが興味深かった。だから、自分が写っていないものはどんどん飛ばしていったが、次から次へと見ていくうちに、ふと手が止まった。

「この人、またあった……これで何枚目だ？」

同じ女性がところどころに登場するのだ。遡って数えると、四枚あった。気になるので、自分のものはひとまず置いて、その人をさがしてさらに先を見ていくと七枚、全部で十一枚も同じ女性を撮っている。

「誰なんだ、見たことないけど」

それも当然で、哲朗は父の知り合いの女性と会った記憶がない。もしかしたら通夜や告別式に来てくれた人の中にいるのかもしれないが、あの状況で参列者の顔を記憶に留められるわけがなかった。

気になって仕方ないのは、同じ女性を何枚も撮っていることだけでなく、ずいぶん綺麗な人だったからだ。古い携帯なのでモニター画面は小さく、画質も粗いが、それでも美人に見えるのだから、実物は間違いなく美しいはずだった。

「ただの友人じゃなさそうだな。どういう関係なんだ」

二十代半ばくらいだろうか。顔の輪郭は整った卵型で、目鼻立ちもくっきりしているように見える。髪はウェーブのかかったミディアムヘアだ。ちょっと女優っぽい感じもするが、間違いなくプライベート写真だから、それはないだろう。

場所は屋外やら店内やらさまざまだ。服装も夏物からコート姿までいろいろあって、順を追って見ると、何年かにわたって撮られたものだとわかる。

「もしかして、浮気相手とか……」

父がいつも留守がちだったのは、仕事で忙しいだけではなかったのか――ふと浮かんだ疑念は、脳裡にこびりついて離れなかった。

「メールを見れば、何かわかるか」

そういうことをすれば、父の過去を覗き見ることになる。懐かしい気分で自分の写真をさがすのとは訳が違う。

哲朗はドキドキしながらメールフォルダを開いてみた。受信はメルマガや不定期の案内メールといったものが多く、差出人が個人名のものだけ拾って読むと、仕事の関係者と個人的に情報をやり取りしたものばかりだった。

「プライベートなものは全然ないのか」

男女を問わず、友人と思しきメールはひとつもない。

続いて送信メールを見てみると、こちらは保存されているものが少ないが、やはり仕事関係の人だけらしい。

「怪しいな……」

一通も残っていないということは、プライベートなメールはみな削除したと考える方が自然で、かえって疑いは強くなるのだった。

念のため電話の発信・着信履歴も見てみたが、それで写真の女性に結びつく何かがわかるわけではなかった。

哲朗はふっとため息をついた。知らなかった父の別の顔を垣間見てしまったようで、どういう女性だったのか、何とかして突きとめられないだろうか、という気持ちになっていた。

3

夕方からアルバイトに出ると、宮坂有希と一緒になった。

彼女は昼過ぎから入っていて、夜九時に上がる。哲朗はそのあと十一時まで続けるが、特に用事がない限り、帰りに有希のアパートに寄っていくのが毎週日曜のパターンで、今日もそうするつもりだった。

有希のアパートは浜田山で、哲朗たちの高井戸のマンションから徒歩で十分の距離だ。終電を気にする必要がないし、二人とも月曜の講義は午後だけだからゆっくりできる。

サンドウィッチとおにぎりの棚で品出しを始めた哲朗は、有希がいるレジ前に列ができたのを見て、急いで応援に入った。

もう一人いる初老の男性アルバイトは動きが鈍いので、頼むより自分で動いた方が早い。同じ時給なのに仕事量はいつも若い哲朗の方が多くなるのだが、いちいち気にしているとこのバイトはやっていけない。

「終わったら、寄っていくでしょ？」

レジ前の客が途絶えると、有希が小声で訊いてきた。アルバイト中は肩より少し短い髪を後ろでまとめているので、丸顔がいっそう愛らしく見える。コンビニの地味な制服が、逆に彼女を引き立てている。

「もちろん。ちょっと話したいことがあるんだ」

「なあに？」

「それはあとで……」

「なんだか思わせぶり」

「別に……」

そんなつもりじゃなくて、と言おうとしたら、また客が来てすぐに列ができた。ようやく空いてきたところで、品出しに戻りながら、剝き出しの耳元に、吐息で囁きかける。

「ちゃんと話すと長くなるからさ」

有希はくすぐったそうに肩を竦《すく》め、甘くからみつくような目で睨んだ。

哲朗は帰りに彼女の部屋に寄ったら、父の携帯のことを話してみるつもりだ。母に教えるわけにはいかないが、彼女ならまったく問題ないし、話しているうちに何か写真の女性のことを調べるアイデアが浮かんでくるかもしれない。

有希は九時に仕事を終えるまで、どんな話なのか訊き返しはしなかったが、哲朗の方は早く言いたくて、我慢するのが大変だった。

ようやくアルバイトが終わり、彼女のアパートに立ち寄ると、抑えていたものを吐き出すように写真の件を切り出した。

父の古い携帯が見つかったところから順を追って、もう一台の携帯にも何枚か保存してあったこと、メールも三台ともざっと見たが手がかり無しだったことまで話していく。

二人してベッドを背に並んで座っていたが、有希はときどき頷きながら、しだいに哲朗の肩にもたれかかってきた。

真剣に聞いているのか怪しく思いはじめると、柔らかな体の重みと温もりを意識して、下腹がむずっと疼《うず》いた。

有希は帰宅して入浴するかシャワーを浴びるかしたようで、トレーナーとスウェットパンツを通して漂うシャンプーやボディソープの香りも、話の腰を折りそうな誘惑に満ちている。

「オフクロの写真が一枚もないくらいだから、そんなに撮ってるなんて絶対おかしいだろ。やっぱり、浮気相手じゃないかって、思うんだよね」

自ら口にした言葉で、写真の女性と父の浮気現場を想像してしまい、下腹の妖しい気配はさらに色濃くなった。

まるで呼応するかのように、寄りかかる有希の重みが増して、湿り気の残る髪が頬にひんやり触れた。彼女はさらにジーンズの太腿に手をあてがい、そろりと撫でた。

ろくに話を聞いていない様子に半ば落胆しながらも、じわっと血流が増すのを感じて、その気になりかけている哲朗がいた。ところが、

「携帯のカレンダーは見た？」

肩に頭を乗せたまま、有希が呟いた。さほど関心はなさそうな、とりあえず合いの手を入れるような言い方だったが、引っかかるものがあった。彼の思考からカレンダーは完全に抜け落ちていたからだ。

「見てないけど、なんで？」

「写真のファイル名って、たぶん撮影した日付でしょ。カレンダーにスケジュールが残ってれば、照らし合わせて、なにかわかるんじゃないかなって」

具体的に教えてくれたが、やはり彼女の関心は低そうで、相変わらず太腿を撫でている。だが、哲朗は確かなヒントをもらったと思った。

ただ、スケジュールを管理するほど、父は携帯電話に依存していただろうか、という疑問はあった。とりあえずチェックしてみようとは思うが、携帯よりも手帳に書き込んでいた可能性の方が高いだろう。

——手帳だ……。

机の抽斗に古い手帳の類はなかったが、先月、母が会社へ挨拶に行ったとき、ロッカーや机の私物をまとめて段ボールで宅配にしたことを憶えていた。まだ封をしたまま、父の部屋の隅に置いてある。

——もしかしたら、あの中に残ってるかも。

哲朗は急に色めき立った。

だが、落ち着いて考えれば、そんな昔の手帳を残している可能性もやはり低いはずで、逸る気持ちもすぐに萎えていく。それでもなかなか諦めきれないものがあって、彼は思案顔で押し黙った。

すると、有希の手が鼠蹊部付近に移動して、股間に触れた。

「その話はもういいでしょ。ねえ……」

真剣モードに入って行くのを引き戻そうと、体をすり寄せ、くちびるを求める。柔らかな肉感で二の腕を圧迫され、哲朗の思考は蕩けるように揺らいだ。

誘われるままくちびるを重ねると、すかさず薄い舌がにゅっと侵入して、前歯に触れた。自然に口が開いて、迎える舌が触れたとたん、熱い吐息とともに有希がさらに深く這い込んできた。

ざらついた表面をなぞって、裏までねっとりからめるように回転させる。哲朗もそれに合わせて、ぐるりと舌をからめた。カチッと前歯が当たり、二人の吐息が混ざり合った。

だが、有希はあっさり舌を退いてしまい、くちびるに軽く触れて、ゆっくり頬の方へ滑らせる。縋《すが》るように哲朗の両肩に手を添えると、Ｄカップのバストの柔らかな圧迫感を覚えた。

こそばゆいような心地よさは頬から耳へと移り、舌先が触れるか触れないかといった繊細なタッチで、耳の輪郭をなぞっていく。背筋がぞくっと痺れ、股間に甘く響いた。

有希の背中に手をやると、トレーナーの下は素肌のようで、ブラジャーも着けていない。くちびると舌の心地よさを感じながら、哲朗は裾から手を入れてすべすべした肌を撫で回した。

「ん……んっ……」

熱い吐息が耳朶《みみたぶ》から首筋にかかって、背筋がぞくぞくする。

有希はゆっくり戻って、またくちびるを重ねてきた。今度は舌を入れずに、羽毛で掃くような微妙な触れ方で、哲朗のくちびるだけを刺激する。ゆっくり横に滑ったかと思うと、上くちびるを挟んで引っ張ったり、そっと押しつけてきたり、休みなく移動しながら、微かな感触を愉しんでいる。

ソフトなタッチが気持ちよくて、哲朗の手は止まってしまった。有希の素肌に触れたまま、甘やかな感触をじっくり味わうことにした。

——有希って、本当にキスが好きだよな。

有希はセックスの前戯としてだけでなく、普段でもよくキスしたがる。テレビを見たりゲームをしているときでも、キッチンに立っていても、何気なしにキスを求めたり、抱きついて強引にくちびるを重ねたりするのだ。

さすがに街中ではやらないが、それは哲朗が照れて嫌がるのを知っているからで、できることならしたいに違いない。

セックスの前でも二、三十分は続けるから、前戯のひとつというより、キスそのものを愉しんでいるようなのだ。

最初のうち哲朗はそれをとても長い時間に感じたが、いまではすっかり慣れて、違和感なく有希に合わせている。多彩な舌使いを真似てみたり、戯れるように軽く接触させるキスを、彼も長く続けたりする。

それがとても心地よくて、ディープキスでなくても気持ちは昂ぶるものだということを、有希は教えてくれた。

実のところ哲朗は、そうやってキスを愉しむだけでなく、セックスそのものも有希のリードに任せている。彼女がしてくれること、してほしいことをそのまま受け容れているのだ。

良く言えば寛容、悪く言えば彼女の言いなりということになるが、快楽を得るにはそれが自然で、自分たちに合ったやり方だと思っている。

そういう形になったのは、お互いの経験の差によるところが大きい。有希とつき合うまで、彼の性体験はほんのわずかでしかなかったからだ。

4

哲朗が初めてセックスを経験したのは高二の二学期で、中間テストが始まる直前、相手はワンダーフォーゲル部の先輩だった。

ひとつ年上とはいえ、ずいぶん大人びた雰囲気の人で、好きな先輩ではあったが、とりたてて夢中になっていたわけではなく、もちろんつき合ってもいなかった。

ところがその日は、放課後、たまたま廊下で顔を合わせると、立ち話でやけに盛り上がり、部室でゆっくり話そうということになった。

試験前で部活は休止期間に入っていたから、部室には誰もいない。二人きりで話し込んでいるうちに、思いがけずいい雰囲気になってきて、哲朗は胸のドキドキが烈しくなった。

どんな話をしたかは忘れてしまったが、カノジョができないまま十七歳になってしまった、と告白したことはよく憶えている。

「じゃあ、キスの経験もないのね」

間近で見つめる彼女の瞳が、ふと妖しい光を帯びて、背筋を電流のようなものが走った。

誘われるまま生まれて初めてのキスをすると、哲朗は一気に舞い上がった。無我夢中でバストを揉んだり、スカートの中に手を入れて秘部をさぐったりしたが、昂奮しすぎて頭の中は真っ白だったから、具体的にどこをどうしたのかは記憶にない。

すべて彼女に導かれながら事は進み、正常位で重なって、気がついたら挿入できていた、というのが実際のところで、あれよあれよという間の初セックスだった。

ところが、ひとつに繋がっていることに感激したのも束の間、にゅるっと滑るような感触があまりにも気持ちよくて、一分もたたないうちに射精してしまった。オナニーとは別次元の快感に、堪える術など思いつきもしなかったのだ。

驚きと感動がない交ぜになって、哲朗はしばし茫然としていた。

「そんなに気持ちよかった?」

声をかけられて我に返り、一も二もなく頷いたが、彼女が離れて後始末を始めてから、自分がほとんど何もしていなかったことに気がついた。果てるのがあまりにも早く、しっかり腰を動かしたかどうかさえ覚束ない。

だが、相手のことを考える余裕もない哲朗は、もう少し我慢すれば、セックスの気持ちよさをもっと実感できたのに、と悔やむばかりだった。

その先輩と、二学期が終わる頃にもう一度体験させてもらったが、挿入を果たすと、やはりあっという間だった。

「この次は、もう少し頑張れるようにしなきゃ」

哲朗は照れ隠しで、自らを戒めるように言った。つき合いはじめたわけでもないのに、また次があるものと勝手に思い込んでいたのだ。

「そうね。カノジョができたら、しっかり頑張ってね。あんまり早いと、すぐ飽きられちゃうよ」

先輩は微かな苦笑を交えて言った。それがまったくの他人事に聞こえ、哲朗はようやく冷静に考えることができた。

ちょっとした気まぐれで後輩男子に手を出してみたものの、こんなに未熟な早漏ではお話にならない、というのが彼女の本音だったのだろう。

案の定、先輩とはそれきりだった。大学受験を控え、年が明けると顔を合わせる機会もなくなった。

卒業式の前に彼女を見つけて、「合格おめでとうございます」と声をかけてみたが、「ありがとう」のひと言が返ってきただけで、何事もなかったように卒業していった。

以来、哲朗は早漏だということに引け目を感じ、それがトラウマのように心に重くのしかかった。

好きな女の子がいても、関係が深まりそうになると決まって臆病虫が顔を覗かせ、自らチャンスを逸してしまう。大学に入ってからも、ずっとそんな状態が続いていた。

バイト先で知り合った有希と関係ができたのは、彼女の方から積極的にアプローチしてきて、そのペースに乗れたからだった。友だちのバンドが出るからとライブに誘われたり、美味しいカレーの店を見つけたと言われて食べに出かけたりするうちに、自然とカップルになっていたのだ。

同い年でも有希は姉さん気取りで接するところがあって、哲朗との相性の良さを感じて彼女はアプローチしてきたのだろう。

やがて彼女のアパートへ行くようになっても、哲朗は自分からアクションを起こすことはなかったが、そこも彼女のペースで進んだ。レンタルの映画を見ているとき、ぴったり寄り添ってきたかと思うと、

「キスして」

と間を置かずに言われ、自然にくちびるを重ねていた。ずいぶん慣れた身のこなしだと思ったが、彼女がそれなりの経験人数を経ていることは、聞かなくても察していたから、哲朗は動揺も幻滅もしなかった。

彼も一人しか経験がないことを言ってなかったが、それは有希もわかっていたようだ。どうしてほしいかを最初から言葉にしてくれたので、哲朗はそれに従うだけでよかった。

高校の先輩のときと同じようでいて大きく異なるのは、ただの気まぐれではなく、有希が好意を持ってくれていることであり、哲朗自身が自然体でいられることだった。

5

いつもの長いキスが続いたあとで、有希はふいに上体を離し、バストに目を落とした。

哲朗はトレーナーの中に手を入れ、腰のあたりに触れたままでいたが、彼女がバストを見つめたのは、愛撫してほしいという意味だった。そろそろ本格的な前戯に入ろうというわけだ。

──わかってるよ、こうだろ……。

哲朗はふっと口元を緩め、腹部を這い上がって乳房の円みに手を添わせた。麓《ふもと》の膨らみを押し上げるように、全体をソフトに包み込み、もう一度くちびるを重ねる。

「んっ……」

有希は微かにあえぎを洩らすと、くちびるを強く押しつけ、舌を入れてきた。

ねっとりからめる彼女に舌を預け、哲朗は乳房を揉みあやした。弾力のある柔肉は、揉む手を押し返しながら自在に形を変える、その瑞々しい感触を存分に味わった。

「んむぅ……こっちも……」

哲朗の空いている手に触れて、もう一方もせがむので、両手で乳房を揉みしだく。愛撫しやすいように、有希が両肘を開いて背後のベッドに乗せると、トレーナーの裾がずり上がって、くびれた腰と腹が露わになった。トレーナーの下から剝き出しになった素肌は、それだけでセクシーに映った。

「気持ちいい……ああ……」

仰《の》け反《ぞ》ってくちびるをあえがせる表情は、うっとりして本当に気持ちよさそうだった。

有希のあえぎはさらに深まり、手のひらに触れる突起は、いっそう硬くなった。

上体がくねくね動きだし、肘はベッドから滑り落ちてしまった。

「脱がせて……」

とろんと瞼を開いて、甘えた声でせがむ。

「寒くないかな」

「うん。この部屋、あまり冷えないから大丈夫」

このところ急に秋らしくなったので訊いてみたが、心配いらないようだ。角部屋ではないから、冬になってもさほど冷え込まないかもしれない。

トレーナーの裾を引き上げると、有希はバンザイして身を委ねる。乳房が暴かれると、恥ずかしそうに両腕を窄めたが、尖った乳首は露わになったままだ。

哲朗は腕を開かせて、綺麗なお椀型の双丘に見入った。

「恥ずかしい……」

有希は裸を見られるのを好むところがあった。恥ずかしさが昂奮をかき立てるようで、いつもあっさり脱ぐわりに、じっと羞恥に耐えている。それが望みだとわかっているから、じっくり乳房を眺めて昂ぶりを煽るが、哲朗自身もお預けを食らった気分で、焦れったさが昂奮に繋がっている。

「き、綺麗なオッパイだね……」

「ああっ……」

吐息を震わせて、有希は表情を崩した。むしゃぶりつきたいのを我慢するうちに、ペニスが突っ張ってジーンズの股間を盛り上げた。ちょっと腰を揺するだけでも圧迫感が心地よくて、さらに硬くなっていく。

「触って……いっぱい吸って……」

有希が言い終わらないうちに、すかさず乳房を摑みにかかり、もう片方に吸いついた。手つきがつい荒くなって大きく揉み回し、口に含んだ乳首は、歯と舌で挟んでぐりぐり転がした。〝待て〟を解除された愛犬のような貪欲さだ。

「あっ……ああん……あううっ……」

よがり声の高まりが、いつなく早い。体のくねりも大きくて、ぴったり閉じた太腿を、擦るように捩《よじ》らせる。

──アソコはもう、濡れ濡れだな。

感度良好で濡れやすい体質だから、すでに洪水のように溢れていることだろう。

哲朗はますます気持ちが昂ぶって、舌使いも荒々しくなった。

「もっと吸って……強く咬んで……あうっ……」

さらに激しい咬戯を求められ、懸命に咬み転がした。揉んでいた方も、乳首をぎゅっと強く抓《つね》ると、有希は大きく仰け反った。

「ああんっ！　いっ……いっ……！」

解いた髪を振り乱して、引き攣るような声を上げた。寄りかかったベッドからずれて倒れそうになり、哲朗は乳首を攻め続けながら支えた。

だが、不安定で苦しい体勢なので、仕切り直してじっくり攻めることにした。

「ベッドに上がって、全部脱いじゃう？」

有希はこくりと頷いて、のろのろ起き上がる。掛け布団をめくると、スウェットパンツを脱いでベッドに横たわった。

「哲っちゃんも、脱いで」

着ているものを脱いで、最後のブリーフを取ると、ペニスは天を衝いてそそり立った。有希は淡い水色のショーツに指をかけたまま、濡れた目で逸物に見入っている。

もの欲しそうというか、触りたくて仕方ないのがわかるので、見られるだけでペニスがむずむず感じてしまう。

だが、哲朗がベッドに上がっても、有希は手を伸ばそうとはしなかった。握ったりしごいたりしてほしいのはやまやまだが、そんなことをされたら快感がみるみる上昇して、挿入の時点ですでに射精間近、ということになりかねない。有希もそれがわかっているから、触りたいのを我慢してくれているのだ。

初めて関係を結んだ日、有希は「大きい！」と目を丸くして、うれしそうにペニスを触ってきた。〝これはもう自分のもの〟とでも言いたげで、歓びを隠そうとせず、それは哲朗もうれしかった。

だが、他人の手の感触に慣れていなかったせいで、いじり回されているうちに射精してしまい、かつての悪夢が頭を擡《もた》げる結果になった。

それでも彼女が頑張って何とか勃たせてくれたが、そのときは再び危うい状態まで高まっていて、無事に挿入を果たしたとたんに噴き上げてしまった。哲朗がすっかり意気消沈したのは言うまでもない。

「ごめん、ちょっと早かったね」

「いいよ、そんなこと気にしなくて」

有希はサッパリした言い方で、さもどうでもいいように振る舞ったが、次からはペニスにほとんど触れないで、愛撫してもらう側に回った。

彼女がほぼ受け身で通しているのは、そういう経緯からだが、おかげで高まり過ぎることもなく、いまは挿入から射精まで少し間が持てるようになっている。

もの欲しげに逸物を見つめていた有希は、ショーツを脱ぎ下ろし、めくった布団の下に隠すと、そのまま仰向けになった。

お椀を伏せたような乳房も、黒々と密生した秘毛とその下の肉溝も、何もかも無防備に晒すことで、愛撫を促している。

哲朗はすぐさま覆い被さって、手指と舌、歯まで駆使して両方の乳房を攻め立てた。もう加減も遠慮も要らぬとばかり、荒々しく揉みしだき、尖った乳首を玩弄していく。

「そうよ……ああ、だめ……ああん、イッ、イイーッ……」

有希は覆い被さった彼を押しのける勢いで仰け反り、身悶えた。乳首を攻めているのに、気持ちよさそうに腰が波打ったりもする。

存分に嬲《なぶ》りつくしてから、哲朗は双丘を離れ、くちびると舌でゆっくり腹部へ這い下りていった。途中で亀頭がシーツに擦れ、心地よい電流を浴びて竿が撓《しな》った。

——うっ……。

思わず声を洩らしそうになり、反射的に腰が浮いた。

不用意なペニスへの刺激は避けたいが、気持ちいいのは事実なので、もっと擦りつけたくなってしまう。有希の体にそれができれば最高なのに——などと、焦れる思いで下って行くと、ほどなく秘丘に辿り着いた。

縮れた毛叢で顎からくちびる、さらに鼻先をくすぐられ、匂い立つ芳香に妖しく胸が騒ぎだした。

有希はクンニリングスが大好きだが、秘処をじっくり見られることでも昂奮する。哲朗も両方好きだが、舐めたいのを我慢してしばし眺めるのがいつものパターンだ。

予想した通り、有希は乳房を攻められてかなり濡れていた。太腿をぎゅっと捩り合わせていたせいで、蜜が秘裂の外まで滲み出し、花びらはおろか内腿までねっとり濡れていた。

内側のピンク色の粘膜は、てらてら艶光りして、淫靡な蠢《うごめ》きを見せている。蜜穴が呼吸するように窄まったり緩んだりを繰り返すのだ。

「すごい濡れてるよ」

「いやっ……ああん……」

眺めるだけで触れてもいないのに、透明な蜜が奥からとろりと溢れ出た。すると、花びらが身を竦めるように蠢いた。まるで見られるのを恥ずかしがっているかのようだ。

「ああん、舐めてぇ……」

有希はとうとう腰を揺すって、甘える声で言った。

クンニをせがまれているにもかかわらず、哲朗はようやく許可をもらえた気分だ。舌を伸ばして、泥濘《ぬかる》んだ溝を舐め上げると、

「んああっ……はうぅ……」

鼻から抜ける声とともに腰がひくついて、愛蜜の酸味が舌を刺した。ねろっと縦に掬《すく》うと、舌先からたっぷり蜜が流れ込んでくる。

有希は悩ましげに腰を揺らし、自ら秘丘に手をやって、クリトリスを剥き出した。白っぽいピンクの粒を、迷わずちろちろ舐め転がすと、

「あんっ！……んああっ！　……あうっ！」

甲高い声とともに、何度も腰を跳ね上げた。

哲朗はなおも溢れ出てくる蜜を舐め取りながら、敏感な肉の芽をつついたり擦ったりを繰り返した。

強く吸いついて、舌の先で揉み転がすと、とたんに有希の腰が揺れはじめた。

さらに攻め続けると、ぐいっと尻が高く持ち上がり、

「はううっ！」

絶叫に近いよがり声が部屋に響いた。ブリッジ状態は四、五秒で解けて、がくんと腰が落ちたかと思うと、それきり静かになった。

——イッた……！

内腿と花びらが断続的に震えている。最後に呼吸を止めて攻め続けた哲朗は、荒い息でその淫靡な光景を眺めていた。

6

しばらくは有希も呼吸が整わず、無防備に両脚を広げたまま横たわっていたが、やがて落ち着いてくると、半身を起こして、哲朗を引き寄せるように腕を引っ張った。

「気持ちよさそうだったね」

「やだ、もう……」

上に重なって耳元で囁くと、口では羞じらいながらも、股間に手を伸ばしてきてペニスをそっと包み込んだ。

「うっ……」

触られると意識していても、感じてしまって声が出た。有希はやんわり握って硬さを確かめている。それだけで竿が撓って、亀頭がむくっと膨れ上がった。

「あぁ……」

気持ちよくてもっと続けてほしいのと、あまりやられると危うい予感がするのとで、何とも悩ましい限りだ。

有希はそれを察したらしく、握りを緩めて手を止めた。

「もう入れる？」

いつもきまって正常位なのは、その方が哲朗には安心できるからだ。一度だけ騎乗位を試してみたが、性感をコントロールできず、瞬く間に射精してしまってから二度とやらなくなった。

「このままで大丈夫かな」

「今日は平気」

発射直前に抜いて外に出す自信はあまりないから、いつも挿入する前に確認している。哲朗は頷いて、自分で竿の付け根を支えた。彼女はもっと触っていたいはずなのに、素直に手を離した。

浮かせた腰をだいたいの位置で止めて待っていると、有希が少し尻を持ち上げて接点を微調整してくれた。

ペニスの先端にぬるっと肉が触れたかと思うと、有希の腰が止まった。

——ここか……。

位置が決まったと見て、哲朗は静かに腰を押し出した。

「あっ、あああーん……」

有希のあえぎ声とともに、亀頭がぬめっとした心地いい感触で締めつけられた。隘路《あいろ》を突き進むと、竿までぴったり濡れ肉に包まれて、結合は無事完了した。

いったんそこで止まって、繋がっている感覚をじっくり味わう、というのは建前で、性感が一気に高まらないよう落ち着ける間がほしいのだ。

有希もじっとしてくれているが、彼女は本気で結合感を味わっているのかもしれない。うっとり瞼を閉じて、心地よさそうにくちびるをあえがせている。

ペニスは反りの強さがやや治まり、そこでゆっくりピストンを開始した。有希の温もりに包まれて、ぬめぬめした摩擦感が気持ちいい。軟らかい肉が亀頭にぴたっと吸着して、まとわりつくようだ。

腰の動きが自然に速まって、みるみる快感が高まった。いったん落ち着いた竿が、また硬く反り返った。

すぐに動きを止めて、高まりをやり過ごすことにしたが、ひくっ、ひくっと断続的に締めつけられるのが心地よくて、少々時間がかかりそうだ。

哲朗はくちびるを重ね、舌をからませて時間を稼ごうと考えた。すると、有希も応じてからめ合いになったので、うまく意識をそちらに逸らすことができそうだった。

舌の動かし方をあれこれ考えるうちに、硬い反りは治まっていた。これで大丈夫と思って、今度はさっきより慎重に動いてみる。

ところが、ペニスはいつも以上に敏感になっていて、瞬く間に快感の針が撥ね上がってしまう。すぐに余裕がなくなり、哲朗は再び動きを止めた。

――これじゃ、ピストンするより、休んでる方が長いじゃないか……。

そんなことでは有希がつまらないだろうと思う。小休止ばかりで快感が中途半端になるようなら、少しくらい長く持たせたところで意味がない。むしろ、一気に衝きまくってイッた方が、有希も気持ちいいに違いない。

哲朗はそう思い、開き直るように腰を使った。

「あんっ……あっ……あっ……あうっ……」

有希は声を上げて仰け反った。が、背中に手を伸ばして縋り、強い力で抱きついてきた。

ぎゅっと固く抱き合って、恥骨をぶつけるように腰を動かした。一気に高まって竿が反り返る。亀頭が膨れ、摩擦感がより鮮明になった。

「うっ、出る……」

鋭い快感に貫かれ、ペニスが大きく撓った。どぴゅっ、どぴゅっと立て続けに精液が噴き出して、有希の膣奥を叩く。

哲朗は壊れた機械のように腰を動かし続け、一滴残らず吐き出して力尽きた。

「ああ、イッ……イイーッ……」

ところが、有希はよがり声を上げて腰を揺すりだした。静止した哲朗を下から突き上げるのだ。

「あっ……そ、それは……ああっ……」

射精直後にもかかわらず、なお抜き挿しを強行されて、哲朗は悲鳴を上げそうになった。敏感な亀頭を容赦なく擦られ、度を超えた快感に襲われてどうにかなってしまいそうだ。

「イク……ああ、イク……イッ……イッ……」

甲高い声を上げて、腰振りがさらに激しくなる。抜き挿しの途中で有希の腰が動くことはあったが、こんなに激しいのは初めてだ。もし射精前だったら、ひとたまりもないだろう。

哲朗は鮮烈な快感に直撃されて、歯を食いしばり、肛門を引き締めた。

「あたんっ……もうイッ……ク……」

有希は顎を突き上げて、大きく仰け反った。腰を強く持ち上げて、硬いままの逸物をぎゅっと締めつけた。もう出しきってしまった精液を、さらに搾り取ろうとしている。

ベッドに沈み込んでからも、断続的に腰が波を打ち、蜜壺も収縮を見せている。彼女の意思とは関係なく、快楽の余韻がなおも肉体を操っているかのようだった。

第二章　双つの膨らみ

1

父の部屋にある段ボール箱の中身を調べ終えて、哲朗はふうっと大きくため息をついた。

昨日、有希が言ったことが気になって、念のため会社から引き上げた父の私物を確認してみたのだが、手帳は去年のものが一冊あるだけだった。

いまだに手帳を使っているくらいだから、十年以上も前に携帯のカレンダーを利用しているはずはないと思ったが、案の定、こちらも空振りに終わった。

予想はしていたものの、やはりそんな昔のことを知る手がかりはないのかと思うと、体から力が抜けた。

しかし、そうなるとますます写真の女性のことが気になって仕方がない。哲朗はなかなか諦めがつかなくて、また携帯のフリップを開いて、写真を順繰りに見ていくのだった。

「それにしても綺麗な女だな……。いま何歳くらいだろう」

ファイル名で撮影した年月日を見ると、古いものは十五年前だった。仮にそのとき二十五歳とすれば、今年で四十だ。色っぽい熟女になっていることは、想像に難くない。

「ちなみにオヤジはこのとき……三十三か」

若い父がその女と抱き合っている図が脳裡に浮かんだ。

怒りや憤りより、妬ましい気持ちが先に立って、どこの誰とも知れない写真の女に見とれてしまう。自分とさほど変わらない年齢なので、そう感じるのも無理からぬことだった。

見ているうちに、有希の顔が頭に浮かんだ。丸顔の可愛らしい彼女と違って、女はいかにも美人タイプだ。有希とつき合っていても、こんな綺麗な人が目の前に現れたら、気持ちが動くかもしれない——ついそんなことを考えてしまい、疚《やま》しい気持ちに苦笑いの哲朗だった。

手がかりが得られないまま小さな画面に見入っているうちに、ふと日付が連続しているものがあることに気づいた。

あらためて最初から見ていくと、二日続きのものが全部で三組あった。どれも昼間、屋外で撮ったものだ。

「二日続けて会っていて、しかも昼間ってことは、浮気旅行でもしてたのか!?」

父は土日でも出勤することがよくあったが、仕事が忙しいと偽って女と会っていたのだろうか。母と自分を欺いていたのかと思うと、さきほど感じた妬ましさも、しだいに憤りに変わっていくようだった。

写真のことは母には言えないと思っていた哲朗だが、きちんと話した方がいいのではないかと、迷いはじめた。

携帯を閉じてポケットにしまうと、父の部屋を出た。キッチンからほんのり甘辛い煮物の匂いが漂っている。

「ご飯にする？　もう支度できたから」

「うん。そうしようかな」

キッチンの横を抜けて食卓に着こうとすると、テーブルに書きかけの家計簿や財布、レシートが出したままになっていた。

「これ、片づけちゃっていいの？」

「ごめん。いまやるから待って」

喜久枝はフライパンの火を止めずに言った。

哲朗は椅子に腰を下ろし、開いたままの家計簿に何気なく目をやった。見開きに一週間分を書き込む形式で、上から月火水と七段に分かれ、それぞれ右端に小さな日記欄がある。ちょっとしたメモ書き程度のスペースで、今週金曜の欄には〝哲・GF来訪〟と記入してあった。

――わざわざこんなことまで書くのかよ！

有希を家に連れて来て紹介すると知らせたのは今朝だ。哲朗が起きたらすでにパート勤務に出たあとだったので、メールで都合を尋ねると、喜久枝は、〝大歓迎〟に笑った顔文字とハートマークをつけて返してきた。

それを帰宅して早々に書き込んだのかと思うと、母親としてうれしいのはわかるが、ちょっと気持ちが引いてしまう。

他にどんなことを書いているのか、パラパラめくってみたところ、〝北高同窓会〟とか〝歯科クリーニング〟といったメモに混じって、〝哲・ゼミ合宿〟という記入もあった。

「ねえ、なんでゼミ合宿とか、オレのことまでメモしてるの？」

「ああ、それね。日記代わりに、家族のことをちょっと書き留めてるだけよ」

そう言われてさらにめくっていくと、入院中の父のことも、検査の結果や抗がん剤投与の記録などが簡単に記してあったが、病気が判明する以前は、〝知・休出〟という表記が数多く見受けられた。つまり、休日出勤した日を、母はメモしていたのだ。

——これって、もしかすると……。

ふいに閃いて、母に尋ねた。

「家計簿って、古いものは捨てちゃった？」

「全部取ってあるわよ。昔のは押し入れの奥だけど」

烈しく胸が高鳴った。父の手帳は残っていなかったが、この家計簿のメモが手がかりになるかもしれない。

晩御飯の支度を中断してもらい、押し入れのどこにしまってあるのかを聞くと、訝《いぶか》る母を尻目に懸命にさがし、古い家計簿の束を引っ張り出した。

「そんなものを、どうしようっていうの。昔のことで、なにか気になることでもあるの?」

「まあ、そういうことかな」

「なによ、いったい」

「子供の頃のことで、ちょっとね」

哲朗はいかにも照れたように笑い、自分に関することだと匂わせて、喜久枝が心配しないように気を遣った。だが、内心は早くチェックしたくて、食事どころではない。

それから気もそぞろで晩御飯をかき込むと、分厚い家計簿の束を抱えて自分の部屋にこもった。写真の日付に該当する年のものを抜き出して、ドキドキしながらひとつずつ照合していく。

すると、まず最初の写真を撮った日の欄に、〝知・出張(仙台)〟というメモ書きがあった。

「これって、仙台で撮ったのか……」

次を見てみると、同じように〝知・山形出張〟とある。

東北地方が当時の担当エリアのようで、ほかも盛岡や福島などに出張した日と一致するものがほとんどだった。

そう思ってよく見ると、背景には城や銅像らしきものも写っているので、仕事の合間にどこかの名所旧跡に立ち寄ったか、たまたま移動の途中で見かけて携帯のカメラに収めたのだろう。

「ということは、出張に同行した部下の女性ってことか……それにしては枚数が多くないか？」

ただの出張かと思いきや、それが実は隠れ蓑だったのではないか。哲朗は社内不倫を疑いはじめた。

「出張にかこつけて、公然と浮気旅行をしてたのでは？」

そう考えると、休日出勤も本当かどうか怪しく思えてくる。

あらためて家計簿の日記欄を見ると、いたるところに〝休出〟と記されていて、哲朗の記憶でも父はそれくらい仕事で忙しそうにしていた。しかし、相手が部下の女性なら、休日出勤を大義名分にして堂々と逢い引きできるだろう。

哲朗はこれでかなり核心に近づいたような気がした。だが、その関係がいつまで続いたのか、という疑問は依然として残っている。

抽斗にあった携帯のうち、女の写真が残っていたのは古い方の二台で、もう一台には見当たらない。最後まで使っていたスマホもあとで見てみたが、やはりなかった。

いちばん新しい写真は十一年前で、少なくとも五年くらいは続いたことになるが、だからといってそれから間もなく別れたということにはならない。写真など撮らなくなっただけかもしれないのだ。

現に最初の方は枚数が多く、しだいに撮影の間隔が空いてきている。

考えるときりがないが、いずれにしても、もういない父を責めても仕方がないことなので、はっきりわかったところで意味はないかもしれない。

哲朗は何やらもどかしいものを感じながら、レンズに向かって頰笑んでいる女を、ぼんやり見つめるばかりだった。

2

「有希ちゃん、いつも料理してるの？」

「やったり、やらなかったりなんです」

「でも、ずいぶん手つきがいいじゃない」

母と一緒にキッチンに立って、有希が野菜の皮剝きをしている。哲朗は食卓からそれを眺め、珍しいものを見る思いでいた。

「なかなか速く剝けなくて……」

「いいのよ、そんなこと。速い遅いじゃなくて、ちゃんときれいに剝けるかどうかが大事なんだから」

「こんな感じで大丈夫ですか」

「上出来、上出来」

金曜の夕方、有希を家に連れて来て母に紹介したら、二人ともすぐに打ち解けて話が弾んだ。夕食を一緒に食べる予定で、支度にかかった母に有希が手伝うと言い、哲朗そっちのけで愉しそうにやっている。

初めて顔を合わせたとは思えない親密さで、お互いに少しも無理をしていないように見えるからすごい。

――いいお嫁さんになりそうとか、よけいなこと言わないでくれよ。先走ったこと言われると、変に意識しちゃいそうだからな。

そんな心配をよそに、二人はすでに義理の母娘のようだ。喜久枝は自分なりの料理のコツを教え、有希は真剣な面持ちでぴったり寄り添い、手元に見入っている。そうかと思うと、同時に顔を上げて見つめ合い、にんまり頷き合ったりするのだ。

見ているうちに哲朗は、有希が母と似ている点に気づいた。おっとりしているようで、実はしっかり者というところが共通していて、そう思って見ると、顔だちも何となく似ている気がするから不思議だ。

やがて支度が整うと、有希が布巾を搾ってテーブルを拭きに来た。

「お待ちどうさま。お腹空いたでしょ」

「もう、ぺこぺこだよ」

有希はすぐ用意できるからと言ってキッチンに戻ると、

「哲っちゃんて、お腹が空くと、眠たそうに目がとろんとしてきますよね」

小声で喜久枝に言い、

「小さい頃からそうなのよ。ちょっと情けない顔っていうか」

二人してくすくす笑い合った。しっかり聞こえているが、和やかな雰囲気が新鮮に感じられて、哲朗は言い返す気も起きなかった。

それから食事をしながら、哲朗と有希の子供の頃のことや、内定している会社の話などをして、のんびり過ごした。

食べ終わって洗い物がすむと、哲朗は自分の部屋に有希を誘った。興味深そう

に部屋の様子を観察する彼女に、

「これなんだけど……」

早速、抽斗から父の携帯を取り出して、女の写真を見せた。

「ホントだ、きれいな人ね」

並んでベッドに腰を下ろし、順々に写真を表示していく。有希はしばらく黙って見ていたが、ふいに顔を上げると、さぐるような目をして言った。

「哲っちゃんて、ホントはこういうタイプが好きなんじゃない？」

「まさか……」

反射的に首を振ったのは、写真の女と有希を比べたときの疚しい気持ちを忘れていないからで、かえって不自然さが露わになった。

有希の目が真剣な色に変わるのを見て内心焦ったが、ほどなく携帯に視線を戻してくれたので、ホッと胸を撫で下ろした。ところが、

「こんなにきれいでも、いまはもうオバサンなんだろうな……」

ひとり言のように呟いて、有希はそれきり口を噤《つぐ》んだ。

何を考えているのか、不安に思いながら写真を見せていくと、しだいに沈黙が重く感じられて、黙っていられなくなった。

「オフクロが昔の家計簿を捨てずに残しててさ……」

部下の女性に違いないということを、かいつまんで説明した。

話し終えると、有希は少し考える顔をしていたが、やがて静かに口を開いた。

「でも、それがわかったからといって、どうするってことでもないんでしょ。お母さんには話したの?」

「言ってない。どうしようか迷ったけど、やっぱり言えないよ」

「そうでしょ。いまさらそんな昔のことをほじくり返しても、仕方ないじゃない。だって、お父さん……」

もう亡くなってるんだから、と言おうとしてやめたようだった。

哲朗も同じことは感じていたので、有希の言う通りだと納得するしかなかった。

ただ、父がその相手といつまで続いたのかは、やはり気になっていたが、それこそ有希に話しても意味のないことだった。

「そうだな。この件はもう、終わりにしよう」

彼女の手から携帯を取り戻すようにしてフリップを閉じると、その手を背中に回し、顔を近づけた。間近で見つめ合い、くちびるを重ねる。有希も両手を腰に回して応え、ほぼ同時に舌を入れ合った。

ドアの向こうに母がいるので、あまり激しいことはできないが、だからこそディープキスでも火が着いたように昂ぶってしまい、いつにない性急さでねっとりからめ合った。

有希もやはり昂奮している。擦ったり弾いたり、あるいは唾液ごと吸ったり吸われたりして、互いの息がみるみる荒くなっていく。

ニットのバストを揉みあやすと、有希はいっそう息荒くあえぎはじめた。揉みながら突起の感触をさぐり、位置がわかると指先でつんつん弾いて刺激する。

「んあっ……はっ……んんっ……」

有希のあえぐ息は声に変わり、甘えるように鼻から抜けていった。

ニットの上から摘まんで揉み回すが、ブラジャーをつけているから、もっと強めの方がいいのだろう。思いきって抓ると、

「ああんっ……」

仰け反ってあえいだ拍子に、くちびるが離れた。有希の潤んだ瞳が揺れたかと思うと、顔中にキスの雨が降ってきた。くちびるも頬も額も、瞼までもがキスの嵐に襲われる。

さらに有希は胸元に手を這わせ、乳首をさぐってきた。

「おっ……」

厚手のネルシャツの上からでも気持ちよくて、思わず声を洩らしてしまった。股間までもろに響いて、膨らみかけていたペニスが一気に硬くなる。

「ヤバイ、勃ってきた」

「どうしたの、なにか不都合でも？」

「キスだけじゃ、すまなくなりそうじゃん」

有希は不思議そうに首を傾げ、

「キスだけのつもりだったんだ」

いきなり股間をぐいっと揉み込んだ。

「ちょっと、まっ……」

哲朗は息を呑んで腰を引いたが、ほんの少しずれただけで、強張りは摑まれたままだ。有希はなおもやんわり揉み続ける。こんなにストレートにペニスを攻めてくるなんて、普段ではありえないことだった。

「まさか、ここでするつもりじゃ……」

「しないの？」

また不思議そうな顔をするが、哲朗は本気か冗談か見極めがつかない。初めて顔を合わせた母親がいるというのに、かまわずセックスするつもりだろうか。

「オフクロが来たらマズイだろ」

「絶対、来ないよ」

「なんでわかるんだよ」

「そこは女同士、なんとなくわかるの」

「いま、絶対って言ったじゃん」

「どっちでもいいの、そんなこと」

やっと股間から手を離したと思ったら、すかさずジーンズのベルトを外しにかかる。

「本気かよ……」

哲朗はそれでもまだ信じられなかった。たとえ母が来ないとしても、あえぎ声がちょっと大きくなっただけでバレてしまうに違いない。

とはいうものの、硬くなった股間を露骨に揉まれて、すでにかなりのところまで高まっている。本音を言えば、このまま続けたいのだ。

そうこうしているうちに、ボタンも外され、ジッパーを下げられるが、哲朗はずっとされるままでいた。

有希はジッパーを下まで開けると、
「早く脱いじゃって、上は着たままでいいから」
スカートの中に手を入れ、ストッキングを脱ぎはじめた。上は着たままでい
というのは、緊急事態を考えてのことだろう。
急かされてようやく腰を上げた哲朗は、ジーンズとブリーフを脱いで、下半身
丸出しになった。ネルシャツの裾を割って、ペニスが勢いよく屹立している。
有希はショーツも一緒に脱いで、ストッキングごと丸めると、掛け布団をめ
くってその中に押し込んだ。
「仰向けに寝て」
哲朗が仰臥するなり、腰の上に跨って、スカートを捲り上げた。
「……えっ⁉」
騎乗位で結合するつもりらしいので、哲朗はまさかと思った。つき合いはじめ
た頃、一度だけやったことがあるが、射精を我慢するのが難しい体位で、すぐに
果ててしまい、それ以来避けてきたからだ。
有希はそんなことなどおかまいなしで、ペニスを摑んで上に向ける。先端に温
かいぬめりを感じると、あれよあれよという間に深く埋没していった。思った以

上に有希は濡れていたのだ。

すんなり結合すると、スカートから手を離し、ゆっくり腰を上下させた。

「気持ちいい……ああ……」

「ヤバイよ、これ……気持ちよすぎ」

みるみる快感が高まって、哲朗は慌てた。たとえゆっくりでも、有希に動かれると射精欲を堪えるのはやはり無理だった。

「すぐ出ちゃいそう……あっ、マジでヤバイ……」

「い……いいよ、我慢しなくて……あうっ……」

跨っている両脚が突然わななないて、ペニスがきゅっと締めつけられた。とたんに哲朗は限界を超えてしまい、熱い樹液が噴き上がった。

有希はそれを感じたのか、急に腰の動きを速め、自分の口を手で塞いで声を殺した。立て続けにペニスが脈を打ち、精液を吐きつくしたが、彼女はそれでもなお激しく腰を上下させる。

「んっ……んっ……んんんっ！」

口を塞いだまま首を振り、髪を振り乱し、先にイッた哲朗を懸命に追いかけて、ようやく頂上に到達すると、彼の腰を両脚でぐいっと締めつけて果てた。

積極的な有希に押しきられる形の交わりだったが、いつも以上に早くイッたおかげでバレずにすんだ。そのために彼女はあえて騎乗位を選んだのかと、終わったあとになって思うのだった。

3

「お待たせして、申し訳ありません。ちょうど電話中だったもので」

受付の横にある応接ソファで待っていると、見憶えのある四十がらみの男が近づいてきた。哲朗は急いで立ち上がり、お辞儀をした。

「いえ、こちらこそ……お忙しいところを、すみません。あらためまして、その節はどうも、お世話になりました」

「まあまあ、堅苦しい挨拶はほどほどにして」

緊張した面持ちの哲朗に、木戸《きど》はくだけた調子で笑いかけ、ソファに腰を下ろすように促した。おかげで肩の力が抜けてリラックスできた。

「それにしても、お父さんにそっくりですよね。よく言われるでしょう」

「ええ。まあ、最近はあれですけど、以前はよく言われました」

木戸は目を細めて頷き、吉崎さんには本当によくしてもらったのだと、しみじみと言った。彼は父の部下だった人で、葬儀で会社関係の記帳と香典の受付を担当してくれたうちの一人だ。

哲朗は写真の女のことがどうしても気になるので、もらった名刺の中から、いまも顔と名前が一致する木戸に電話して、時間を取ってもらい、会社まで訪ねた。同じ会社のOLなら、写真を見せれば何かわかるかもしれないと考えたのだ。

「お話というのは、この写真の人についてなんですけど、もしかすると前に勤めていた社員の人ではないでしょうか」

携帯を直接見せるよりいいと思い、三枚ほどプリントしたものを渡すと、木戸は見てすぐにわかった。

「これは、水橋《みずはし》さんじゃないか。美人だったから、よく憶えてるよ。どこで撮ったんだろう、制服じゃないね」

「水橋……」

あっさり名前が出たので、これならいろいろ詳しいことがわかりそうだと、期待が膨らんだ。

「これ、お父さんが撮った写真?」

「はい。携帯のカメラなんで写りが悪いですけど、なるべく画質の良いものを選んできました」

木戸はうんうんと頷いて懐かしそうに見ていたが、

「携帯で撮ったってことは、退職したあとかな。ずいぶん前に辞めた人だから」

哲朗はまずいことを言ったかなと思い、少々焦った。

「いつ頃ですか、辞められたのは？」

「もう二十年近くになるね。わたしが入社した、次の年くらいだったかな。実はわたしとこの水橋さんは同い年なんだけどね、今年で四十二。でも、彼女は短大卒だから会社では先輩でね」

水橋という名の女はやはり父の部下で、入社したての木戸はまだ別の部署だったが、群を抜いて美人だったからよく憶えているそうだ。

彼の話を聞きながら、哲朗は引っかかりを感じていた。写真が撮られたときには、もう退職していたからだ。辞めたＯＬを出張に同行させていたということは、

――出張は浮気旅行のチャンスってわけか……。

その方が都内で密会するより安全なので、地方へ出かけるたびに連れて行ったのだろう。思っていたのとは微妙にズレたものの、不倫していたことに変わりは

ない。

木戸の様子からすると、社内で噂になっていたわけではなく、辞めたのも不倫が発覚したといった理由ではなさそうだ。そのあたりは巧妙にやっていたのか、あるいは彼女が辞めてからつき合いはじめたとも考えられる。

「水橋さん、下の名前はなんていうんでしょう」

「なんだったかな……女子社員の間では〝お水〟って呼ばれてたから、苗字は憶えてるけど……まあ、見た目は水商売っぽい派手さはまったくなくて、清楚な雰囲気だったんだけどね」

木戸はふと遠くを見る目になったり、表情を緩めたり、話しているうちにいろいろ思い出してくるようだったが、ひととおり話し終えると、真顔に戻った。

「それで、この人がどうかしたのかな?」

たぶん訊かれるだろうと思って答えは用意しているが、やはり緊張で胸がドキドキした。

「写真が何枚か残ってるんですけど、親戚関係では知ってる人がいなくて、誰だろうこの人ってことになって……もし親しくしてた人だったら、知らせた方がいいのかなって、亡くなったこと」

我ながらこじつけっぽい気がして、わざわざ訪ねる理由として苦しいことはわかっている。木戸が黙って何か考えているのを見て、胸のドキドキは治まらないどころか、いっそう高まるのだった。

「あの……その人、なんで辞めたんでしょう。結婚が決まったとかですかね？」

「いま、ちょっとそれを考えたんだけど……」

突っ込まれたくなくて話を逸らすと、木戸は乗ってきそうだった。しかし、思い出せないというか、入社して日が浅いから女子社員の退職理由なんて耳に入って来なかったのだろうと言った。

「小舟《こぶね》さんなら知ってるかな、吉崎さんと同期だから。ほら、一緒に受付をやった、でっぷりしたメガネの人。でも、忙しいかな……」

そう言われても、顔は浮かんでこない。木戸は受付から小舟に内線をかけてくれて、ちょうど出かけるところだそうで、いまから下りて来ると言った。

二、三分すると、黒い鞄を提げた恰幅のいい男がエレベーターから出て来て、葬儀のときに顔を合わせたのをようやく思い出した。

あらためて挨拶すると、木戸が小舟に写真を見せた。

「たしかに水橋さんだ。懐かしいね」

「彼女の退職理由ってご存じですか。わたしは知らないんですけど」

「どうだろう。寿退社って聞いた憶えはないけど、たしか辞めてちょっとしてから、赤ちゃんを抱いてるのを見かけたって誰かが言ってたから、結婚は決まってたんだと思うな」

ダブル不倫らしいとわかり、辞めてからつき合いはじめた可能性はないと思った。それなら結婚などするはずがないからだ。

「この写真、どうしたの？」

「吉崎さんの携帯にあったんですって」

「ずいぶん色っぽくなってるね」

「もっとお嬢さんぽい感じでしたもんね。でも吉崎さん、彼女が退職したあとも会ってたんですね」

「水橋さんのことはよく面倒見てたからなあ。彼女もかなり信頼してたみたいだから、辞めてからも何か相談に乗ってもらったりしてたのかもしれないね」

哲朗はひやひやしながら二人の話を聞いていた。写真を撮っていたことを不自然に思わないよう、ひたすら祈るばかりだ。

するとと、小舟が急にハッとした表情に変わった。

「そうか……じゃあ、通夜のときに見かけたのは、やっぱり彼女だったのか」

「通夜に来てたんですか⁉」

哲朗と木戸が、同時に同じ声を上げた。

「きみがトイレで外したときだったかな、ちらっと目にしてね。会社関係じゃなくて、友人のところで記帳してたから、よく似た別人だと思ったんだ。おそらく、退職してもうずいぶんたつので、そっちにしたんだろうな」

小舟と木戸は納得したように頷き合うが、哲朗は動揺を抑えられない。いつまで関係が続いたどころの話ではないかもしれない。もしかすると病院に見舞いに来て、すれ違っていたのではないかとさえ思ってしまう。

間もなく小舟が時計を見て立ち上がると、哲朗はろくに礼も言えず、「行ってらっしゃい」と木戸に合わせるのが精一杯だった。おかげで彼女の下の名前を訊くのを、すっかり忘れていた。

4

哲朗は八階建てのマンションを、道路を挟んだ向かいから仰ぎ見た。ざっと見た感じだが、比較的新しそうなマンションだった。

道路を渡って門の前まで行ってみる。
七、八メートルほど通路を行った先にエントランスがあり、ガラス扉の向こうに郵便受けが見えているが、まるで結界が張られているように、門を前にして一歩も動けなかった。
「ここに住んでるんだ……」

水橋という写真の女性が毎日この門とエントランスを出入りしているのだと思うと、ある種の感慨がため息となって洩れた。

先週、木戸と小舟からいろいろ話を聞いて、名前も判明し、哲朗は大きな収穫を得ることができた。

帰宅するなり父の住所録でその苗字をさがし、見当たらなくて落胆したが、夜になって、彼女が通夜に来て記帳したらしいことを思い出して、俄然色めき立った。

喜久枝に言って芳名帳を出してもらい、友人関係の綴りを調べると、果たして彼女の名前と住所が見つかった。フルネームは水橋景子《けいこ》で、住所は三鷹市になっていた。

ついに個人情報まで辿り着いた哲朗は、感動に打ち震え、目頭が熱くなった。まるで探偵小説の主人公になったような気分で、誇らしさを覚えた。

元々は写真の女が気になって仕方ないといった程度のことで、現住所まで知りたいわけではなかった。

だが、いざ判明してしまうと、住んでいるところぐらいは見てみたい、という興味が湧いてくる。部屋まで訪ねるわけではないし、そんな勇気もなければ、理由もない。ちょっと見るだけなら——そう思って番地でマップを検索すると、もう足を運ばずにはいられなくなった。

芳名帳には番地と部屋番号しか書いてなかったが、五〇三というのはマンションに違いない。マップでそれらしい建物を見つけた哲朗は、居ても立ってもいられず、次の日、午後の講義をサボッて早速やって来たのだった。

「あのあたりかな？」

五階まで数えてベランダを横に辿っていくと、気持ちがさらに昂ぶって体が震えだした。

部屋はたぶんあそこだろうと思って見ていると、エントランスのガラス扉が開いて、買い物バッグを手にした中年女性が出て来た。びっくりして息が詰まったが、水橋本人ではないとすぐにわかる容貌だったので安堵した。

ところが、その婦人は哲朗を胡散臭そうに見ながら門から出て行くと、さらに数メートル行ったところで振り向いて、また訝しそうな目を向けた。

何とも気まずいが、門の前でじっと立ってマンションを見上げているのだから、不審者として通報されても文句は言えないだろう。

——これは早めに退散した方がいいかもしれない。

そんな気がして、見納めにもう一度五階のベランダを見上げたら、今度は背後から細い靴音が近づいてくる。

ドキッとして思わず後ろを見ると、帰って来たマンションの住人らしく、もろに目が合ってしまった。またも女性だったが、こちらをじっと見ながら近づいて来るので、焦りまくってしまった。

そのまま通り過ぎてくれることを願ったが、すぐそばでその人の足が止まった。

「哲朗くん?」

「……あっ!」

名前を言われて、目の前にいるのが水橋景子その人だとわかったとたん、頭に血が上って首から頬のあたりがカッと熱くなった。

会ったこともないのにどうして自分だと気づいたのか、考えてもわからなくて頭の中は混乱状態に陥った。

「わざわざ訪ねてくれたのね」

彼女は穏やかな笑みを浮かべた。写真の面影はあるが、髪を栗色に染めているせいで、印象は少し変わっていた。だが、いずれにしても、実際に目の前で見るとドキッとするほど綺麗な人だった。

とりわけ大きな切れ長の目が澄んでいて、見つめると吸い込まれそう、という表現がぴったりする。

頬のあたりは写真より少しふっくらして、熟した女の柔らかさが表情に加わったようだが、それでも木戸と同じ四十二歳とはとても思えない。どう見ても三十代なのだ。

「いえ、あの……そ、それは……」

「せっかく会えたのに、こんなところで立ち話はないわね」

哲朗は気が焦ってうまく言葉が出てこないが、彼女はいたって落ち着いている。いつか哲朗が訪ねて来るものと、承知していたかのようだ。

「どうぞ、上がっていってちょうだい」

招くように手を前に差し出すと、エントランスに向かって歩きだした。

思いもよらない事態になり、どうすべきなのか判断に迷った。だが、色香を感じさせる生身の女に気持ちが引き寄せられているのは事実だった。

ゆっくり離れていく背中を追って、門の中に一歩足を踏み入れると、どこからか父に見られているような錯覚に囚われた。

5

「どうぞ、遠慮してないで入ってちょうだい」

水橋景子は柔和な笑みで、哲朗を玄関に招じ入れた。

お邪魔します、と小声で中に入り、もう後戻りできないと開き直ったものの、靴を脱いで上がったとたん、緊張で顔が強張った。柔らかくて厚い客用のスリッパの感触がそれに拍車をかける。

景子について行くと、廊下の奥がリビングダイニングだった。部屋数は哲朗のところより少なく、おそらく2ＬＤＫのようだが、リビングダイニングは明らかに広かった。

勧められてリビングのソファに腰を下ろし、室内を見回した。やはり築年数はわずかなようで、壁や天井に真新しさが感じられる。家具や調度はごく普通で、とりたてて裕福そうに感じることはないが、落ち着けて居心地のよさそうな家だった。

「紅茶でいいかしら。ちょうどいま、美味しいのを買ってきたところなの」

「はい。なんでも結構です」

景子はキッチンからカウンターとダイニングテーブル越しに哲朗を見て、静かに頬笑んだ。彼女がやけに和やかに接してくるので、いつの間にか緊張は解けて穏やかな雰囲気を感じた。

だが、父の愛人だった人の部屋に上がり込んで、こんなことでいいのだろうか、という気もした。

「さっきですけど、なんでオレのことがわかったんですか」

「わたしも同じようなことを訊きたいけど、まあ、いいわ、それはあとで。でも、なんでわかったかなんて、疑問に思う方がおかしいわよ。あなた、お父さんにそっくりですもの」

ああ、そうか、と頭をポリポリ掻きそうになる。さっきはそんな簡単なことにも気づかないほど動転していたのだと、あらためて思った。

「実を言うとね、お父さんの通夜にお焼香させてもらったから、そのときにあなたのことを見てるのよ」

「やっぱりそうなんですね。小舟さんが、通夜のときに見かけた気がするって言ってました」

「小舟さんと会ったの？　なるほど、そういうこと……」

ひとり言のような呟きになって、景子はそれきり黙り込んだ。紅茶を入れる準備を始めたからか、通夜のことで何か考えているのか、あるいはその両方かもしれない。哲朗も黙っていたが、ふと自分が丁寧なしゃべり方をしていることに気づいた。

――この、妙に和やかな雰囲気のせいだ。

父の元愛人を前にしているのに、不思議と敵意のようなものは湧いてこない。美熟女の色香に惑わされていると言われても、否定できそうになかった。

「お待たせして、ごめんなさいね」

景子が大きなトレイにティーポットやカップ、ソーサーを乗せて、運んできた。藤製の平べったい籠にはスコーンが乗っていて、ジャムやサワークリームも別に用意してある。それらをリビングのローテーブルに並べると、映画やドラマで見るような洒落た午後のティータイムといった趣《おもむき》になった。

普段ではまず経験することのないシチュエーションに舞い上がり、哲朗はますます調子が狂ってしまいそうだ。

「もういいわ。ちょうど美味しくなった頃ね」

カップに茶漉しをセットして、ティーポットで紅茶を注ぐ手つきが堂に入っている。哲朗は一度だけ入ったことのある紅茶専門店の店員を思い出した。景子の手つきはそれに負けないくらい洗練されている印象だ。

ところが、手元を見ているつもりでも、視線はつい彼女の胸元に向いてしまった。バストは有希と同じDカップくらいだろうか。

渋い色のペイズリーのワンピースに黒いカーディガンを羽織っているが、丸い襟はゆったり浅めで、首周りの肌の白さが目立っている。露わになった鎖骨はやけにセクシーに映った。

外でジャケットを着ていたときはわりと細身の印象だったのに、こうして見ると、ほどよく肉がついているようで、写真ではわからなかった生身の女を意識させられる。

「はい、どうぞ。イラムっていうネパールの紅茶だけど、お口に合うかしら」

聞いたこともない紅茶だが、ティーカップを口元に持ってくると、とてもいい香りがした。ひと口飲んでみて、ほんのり甘く、まろやかな味に頬が緩んだ。

「美味しいです、とっても」

本物の紅茶とはこういうものかと感心した。当然ながら、家にある一パック三十個入りのティーバッグとは、味も香りも全然違うが、恥ずかしくてそれは言えない。

「よかったらスコーンも召し上がって。このお店のは、とても美味しいから」

やや前屈みになってスコーンを差し出すと、ゆったりした襟が撓《たわ》んで、白く柔らかそうな谷間と黒のブラジャーのレース模様が覗けた。

たったそれだけで、股間はむずっと反応した。中学生みたいだと、内心苦笑いするが、それでいて胸の鼓動は速まり、口の中が乾燥して舌と粘膜が貼りついてしまった。

哲朗は何事もないそぶりでスコーンを口に入れた。旨い、と感じて呑み込もうとした瞬間、軽く噎《む》せてしまった。

慌てて紅茶を啜って口の中を潤すと、見ている景子がふんわりと頬笑んだ。母親のようにやさしい、だが母親には似つかわしくない艶っぽさを含んだ笑みだった。

そう感じて、哲朗は自分の母と比べていた。喜久枝は彼にとってやさしい母親だが、容姿は平凡で、小学校の授業参観のときに誇らしい気分にひたったこともない。目の前の景子と年齢はさほど変わらないが、この美貌も熟れた色香も喜久枝にはないものだった。

息子ではなく一人の男として見れば、やはり喜久枝より景子を選んでしまうだろう。そう思って、比べるのをやめにした。

「さっきの続きで、今度はわたしが訊きたいんだけど、いいかしら」

「あっ、はい、どうぞ」

スコーンを食べ終わるのを待って、景子が切り出した。

「さっき小舟さんと会ったように言ってたけど、そもそもわたしのことをどうやって知ったのかしら。誰かから聞いたの？」

「いえ、そうじゃなくて……」

哲朗は居住まいを正すと、父の携帯を見つけたところから話しはじめた。しだいに口は滑らかになり、喜久枝の家計簿と照合したあたりは事細かに話して聞かせた。有希に説明したときよりずいぶん流暢だが、自然に熱がこもってそうなっていた。

景子は頷いたり笑みを浮かべたりしながら、何も口を挟まずに聞いていた。芳名帳で住所がわかったところまで聞き終えると、

「なるほど、恐れ入ったわ。立派な探偵さんね」

いかにも感心したように目を丸くした。本気で言ったのかどうかはわからないが、哲朗は内心、どんなもんだと胸を張っていた。

「たしかにあの頃は、出張っていうと必ず連絡が来て、一緒に出かけたわね」

彼の言ったことを素直に認め、父知也との逢い引きを悪びれずに告白する。景子は入社して間もない頃、部署の先輩である父とつき合いはじめたらしい。しかも、関係は父が亡くなる間際まで続き、哲朗が想像した通り、見舞いにも訪れていたそうだ。

彼女と同期入社の女性で、いまも在職している親友が唯一、二人の関係を知っていて、葬儀のことはその人から連絡をもらったのだという。

哲朗はそういった話をわりと冷静に受け留めていた。父の不倫がすでに確定的だったことや、自分の推測や想像が当たっているところもあったからだ。

ひと通り話し終えると、景子は窓の外に目をやって、もの思いに耽るような遠い目になった。

その横顔に寂しさとも哀しみともつかない、微妙な色が浮かぶのを見て、哲朗の胸がざわついた。景子をただ父の浮気相手としか見ていなかったが、彼女の中で父はどんな存在だったのか、ということが少し気になってきた。

「出張や休日出勤をしっかりメモしてたのね……」

窓の方に顔を向けたまま呟くと、景子はまた哲朗の方を見て、さきほどまでの表情に戻った。

「それで、わたしのことはお母さんに話したの？」

「言ってません……ていうか、言えません」

「どうして」

「そんなこと知ったら、やはりショックでしょ。言えませんよ」

「そうかしら」

「そうですよ」

景子のくちびるから微かに笑みが洩れると、ふいに挑みかかるような鋭いまなざしに変わったのでドキッとした。

「哲朗くんて、お母さん思いのいい子なんですってね」

「オヤジがそう言ったんですか？　いい子とまでは言わないと思いますけど」

「お母さんにとって、ということでしょ」

突き放す言い方と射るような視線に、哲朗は戸惑いを覚えた。部屋に迎えてくれたときの和やかな様子から、打って変わって別人のようだ。何か気に障ることを言っただろうかと、不安に駆られてしまう。

ところが、彼女はすぐにまた穏やかな表情になって、哲朗のカップに紅茶を注ぎ足すのだった。訳がわからずにいると、にっこり頬笑んで、

「今日は仕事が遅出だったから、こうして哲朗くんに会えたのね。よかったわ」

耳にまといつく甘い声で言った。心地いい声の響きで愛撫されたような感じがして、背筋がぞくぞくする。戸惑いも不安も、瞬く間に消えていた。

「働いてるんですか？」

「もちろん。食べていくには、働かなければいけないでしょ」

「共働きなんですか」

言ったとたん、じっと見つめ返されて、立ち入ったことを訊いてしまったかと焦った。だが、気を悪くしたわけではないようだ。

「いまは娘と二人で暮らしてるの。今年、高校二年生だから、哲朗くんとは五つ違いね」

小舟の話に出てきた赤ん坊のことだ。

——いつバツイチになったんだろう？

だが、それこそ立ち入った話なので、訊かない方がいいかもしれない。

「ごめんなさい。そろそろ出かける支度をしなくちゃいけないの」

思考を遮るように景子に言われ、哲朗は腰を上げた。

「すみません。お邪魔しました」

「次はちゃんと時間を取って、ゆっくり会いたいわね」

「えっ……」

また会うのが当たり前のように言われ、言葉に詰まった。そんなことはまったく考えていなかったのだ。

「ランチなんてどうかしら。たとえば明後日とか、ご都合はいかが？」

「明後日ですか……」

急に言われて、慌てて頭の中でカレンダーをチェックする。二講目を受けて、昼食のあとアルバイトに行く予定だが、どうにかしなければいけない強迫感に衝き上げられた。講義は欠席して問題ないが、バイトは誰かに代わってもらえるかどうかわからない。迷っていると、

「明日でいいから、連絡をちょうだい。いま携帯の番号を教えるから、ちょっと待って……ああ、それよりメールの方がいいかしら」

景子がどんどん話を進めていって、急かされるように携帯番号とメールアドレスを交換した。明日までにコンビニのシフトを何とかしてもらえるか、哲朗はすっかりその気になっていた。

「明日もこれくらいの時間までは、電話に出られるわ。それ以降になるなら、メールでお願いね」

玄関でスリッパを脱いで、上着を着ようとしたら、横からすっと手が伸びた。着せてくれるようなので、上着を渡して背中を向ける。

両方の袖を通すと、景子は後ろの襟を直してくれ、さらに前に回って同じように整えてくれた。幼い子供の面倒を見る母親のようでもあり、夫を送り出すとき

の習慣のようでもあった。

哲朗は人に上着を着せてもらうなんて滅多にないので、こそばゆい気分だ。しかも、景子の香水がふわっと包むように漂っている。フルーティな香りだが、まろやかな甘みを感じるのは、肌の匂いと混じり合っているのかもしれない。

襟を整えると、景子はその手をビデオのスロー再生のようにゆっくり広げ、何をするのだろう、と思ったときにはもう抱きついていた。

「あっ……」

哲朗の口から声が洩れた。軽いハグだったが、ぴたりと重なって、景子の体の温もりも柔らかさも伝わってくる。

「今日は会えて本当によかった……」

しみじみとした声は、心から発せられたものらしい。そうでなければ、こんなことまでしないだろう。

だが、それだけで終わると思っていたら、軽く抱きついた腕にじわっと力がこもり、双つの膨らみがやんわり胸に押しつけられた。髪の毛が頰をくすぐり、甘い匂いがさらに濃くなった。哲朗は直立したまま、金縛りに遭ったように動けなかった。

「み、水橋さん……」

やっと言葉にできたのはそれだけで、声はうわずってしまった。両腕を下げて突っ立っているのも間抜けな気がして、彼女の背中に手を回そうと思った。だが、この人と抱き合ってどうするんだ、と諫《いさ》める自分がいる。

すると、肩口にあった景子の顔がこちらに向いて、温かな息が首筋にかかった。背筋を微電流が走ったようで、痺れが股間へ直結する。体がみるみる火照って、頭の中は霞がかかったようにボーッとしてきた。

どうしてこういうことになっているのか、考えようとしても脳ミソが言うことを聞いてくれない。

それでいて、体の方は素直に反応して、ジーンズの股間が突っ張ってきた。だからといって、それをどうこうするわけにはいかないが、やはり自分も背中に手を回そうかと思った、その矢先、

「じゃあ、愉しみに待ってるわ。必ず連絡してちょうだい」

くちびるが触れそうなほど耳の近くで囁かれた。熱い吐息が耳の穴から侵入して、脳髄を直接刺激されるような心地よさだった。

その直後、景子はさっと体を離し、何事もなかったように彼が脱いだスリッパ

をしまった。

もう靴を履いて帰るだけになると、突然置き去りにされて、途方に暮れる感覚に近いものがあった。

「気をつけて帰ってね」

追い討ちをかける景子は、悪戯っぽい目で彼を見つめた。突然のハグは、親しみを込めたふりをして、ただ揶揄《からか》っただけかもしれない、そんな気にさせる目だ。

「では明日、電話かメールで……」

哲朗はそう言って靴を履いた。股間はまだ突っ張ったままだ。

マンションを出て駅に向かう道すがら、ふと一抹の不安が胸をよぎった。

――もしかして、明後日のランチの話も冗談てことはないよな。

会えて本当によかった、と言った言葉は冗談には聞こえなかったが、ときに挑むような鋭い視線を向けたり、突き放すような言い方をしたのが引っかかった。

おかげで彼女に振り回されている感じがしないでもない。

最初は写真の女が気になって仕方ない哲朗だったが、こうして実際に会ってみると、どんな女なのか、かえってわからなくなるようだった。

第三章　温かな肉壁

1

二日後、哲朗は表参道の駅からほど近い、ランチが人気の店にいた。

「すごい混んでますね」

「ここのランチは美味しくてヘルシーだから、とても人気でね。何回か来たことがあるんだけど、いつも混んでるから今日は予約しておいたのよ」

周りを見ると、ほとんどが女性客だ。会社員もいるが、男は数えるほどで、制服のOLたちや、主婦と思われるグループで席は埋めつくされている。

「ゆっくり過ごしたかったから、都合をつけてもらえて、うれしいわ」

彼女は銀座にある老舗のレストランで働いていて、評判になっている店があると聞くと食べに行くそうで、ここもそのひとつだという。勤務は二交代制で、遅番の今日は午後四時からだそうだ。

「バイトが入っていたんで駄目かと思ったけど、なんとかなってよかったです」

今日の講義は欠席して、午後からのアルバイトは、有希に代わってもらった。それしか方法がなかったのだが、切迫した理由を思いつかず、内定してる会社の人事担当者と食事すると偽ったので、疚しさを感じないわけにはいかなかった。だが、それも今朝までのことで、こうして景子と会ってしまうと、もうどうでもよくなっていた。

メニュー選びは景子に任せた。何を食べたいかは特になくて、彼女と一緒に食べることが目的だからだ。

オーダーを確認して店員が去ると、

「それにしても哲朗くん、大きくなったわね」

景子はしみじみとした言い方で彼を見た。そんなふうに言われる意味がよくわからなくて、きょとんとしてしまった。

「実を言うとね、小さいときに一度だけ会ったことがあるの、憶えてないでしょうけど」

「えっ……」

一昨日はそんな話は出なかったので、驚いて言葉に詰まった。

「小学校に上がる直前だったかしら……あのとき、あなたはお父さんが大好きでべったりだったけど、いつの間にか変わってしまったのね。お父さんのこと、本気で嫌いになったの？　あんなに可愛がってもらってたのに」

いかにも懐かしそうな口ぶりだが、彼女の目は少しも笑っていなかった。何だか咎められているように感じながら、哲朗は父の携帯で自分の写真を初めて見たときのことを思い出した。やはり父は可愛がってくれていたのだ。

「オヤジはオフクロと仲が良くなくて、つらく当たったりするから、だんだんと嫌いになっていったんです。夫婦仲がギクシャクしてたから、それで浮気に走ったとか……そういうことじゃないんですか」

「元々あまり相性がよくなかったんでしょ」

突き放すような言い方をするが、一昨日もそんなことがあったのを思い出した。あれも確か母に関わることだったので、いまもなお対抗意識を持っているのかもしれない。

「だったら、なんで結婚なんか……」

「さあ、どうしてかしらね」

景子はそんなことは知らないといったふうに視線を逸らして、店内をぐるりと眺め渡した。確かに彼女には関係ないことで、よけいなことを言ったと思った。気まずい沈黙が流れ、胸がドキドキしてくる。すると、間が悪いのか良かったのか、頼んだランチが運ばれてきた。

「うわぁ、美味しそうね。いただきましょう」

景子は人が変わったように顔を綻《ほころ》ばせ、箸を取った。

刺身や揚げ物、煮物、和え物などが少量ずつ沢山揃っている、上品な和風ランチだった。彩りも良く、見るからに美味しそうなので、これだけ女性客が多いのも頷ける。

哲朗も気持ちが軽くなって、料理に手を伸ばした。大学生にはほとんど縁がない贅沢なランチで、味も見た目を裏切らなかった。

箸を進めるうちに気分もすっかり和んできて、そのせいか彼女の方が話を蒸し返しても、今度はドキッとすることもなかった。

「お父さんとお母さんは、どんなことで揉めたりしたのかしら」

「いちばん多かったのは、お金のことかな……」

父は給与明細を母には見せず、現金だけを渡していたが、その額がぎりぎりだったらしい。相手が相手なだけに、こんなことを正直に話すのはどうかと思いながらも、つい本当のことを言ってしまった。

「幼稚園とか小学校の頃、周りの子はよく玩具《おもちゃ》やゲーム機を買ってもらえるのに、オレはごくたまにしか買ってもらえなくて、オフクロがやりくりに苦労してるのは子供心にわかったから、うちは貧乏なんだってずっと思ってた」

景子は話している途中で箸を置いて、じっと聞き入った。

「高校生ぐらいになると、オヤジの勤めてる会社がどの程度かっていうのがだんだんわかってきて、もっといい給料をもらっているはずなのにって……」

母は何とか切り詰めた中から父の生命保険料を払っていて、そのおかげでいまは少し余裕ができたが、そこまでは話さなかった。

黙って聞いていた景子が、ふいにぽつりと口を開いた。その言葉に哲朗は耳を疑った。

「わたしが金銭的にずいぶん援助してもらったから、そのせいね」

「ほんとですか、それ!?」

思わず大きな声を出しそうになった。彼女が正直に言うのもびっくりだが、家にろくに金を入れず、不倫相手に貢いでいたとは、何てふざけたオヤジなんだと憤りを隠せない。

もっとも、考えてみればありがちな話で、父の浮気に気づかなかったから想像もしなかったが、もしかすると母は疑いを持っていたのかもしれない。それが諍いの原因のひとつだった可能性はありそうだ

「それは、月々のお手当、みたいな？」

「ちょっとそういうのとは違うんだけど、まあ、いろいろとね」

はぐらかすというより、説明するのが難しい、といった様子でほんの少し眉を曇らせた。

援助の事実を知って、父に抱いていた反発心は、みるみる憎悪に変わっていった。ところが、目の前にいる当事者の景子に対しては、憎らしいという感情が湧いてこない。

哲朗はその理由に何となく気づいていた。どうしてオヤジはこんな女に入れ揚げていたのか、という疑問が浮かんでこないからだ。

父が景子に惹かれたのも、男としてみれば理解できる。それどころか、哲朗自

身、こうして彼女と食事することになったとき、まるでデートが決まったような昂ぶりを覚えたのだ。

有希に嘘をついてまでバイトを代わってもらったのは、すでに気持ちが動いていた証拠だ。

「どうしたの、そんなに人の顔を見つめたりなんかして」

また箸を動かしはじめた景子の口元をじっと見入っていたことに気がついて、頬が熱くなった。彼女は顔をやや左に向け、意味ありげにふっと笑った。

「なんだか食べづらいじゃない」

そうは言いながらも、マグロの刺身を箸で摘まんで、見せつけるように口に運ぶ。ことさらゆっくり口を開いて、仄白いピンクの舌に乗せるところまで見せる。まるで挑発しているかのようにエロチックな仕種だった。

しかも、さっきまでと違って咀嚼もゆっくりで、哲朗を見つめたまま視線を逸らさない。おかげで閉じたくちびるの動きまで妖しく見えてきて、ますます目が離せなかった。

景子はそうやって丁寧によく嚙んでから、こくっと喉を鳴らして吞み込み、またもくちびるの端に笑みを浮かべた。混み合うランチの席には似つかわしくない妖艶な表情に、ドキドキさせられる。

哲朗は無意識で同じようにマグロの刺身を口に入れ、ゆっくり咀嚼した。口の中で軟らかくなると、景子がよく噛んだあとの刺身をもらって食べているような気がした。

噛むのを止めて、舌でねっとりかき回しながら、彼女から口移しでそれをもらうところを想像してみる。

ひそかに淫靡な気分にひたっていると、景子が身を乗り出して、隣のテーブルに聞こえないように、小声で囁いた。

「ダメよ、食事しながらいやらしいこと考えてちゃ」

心の中まで見透かされて一瞬慌てたものの、逆にそう言われたことで、彼女の一連の仕種はやはり挑発だったに違いないと確信した。

――ということは、一昨日、帰り際にハグしたのだって……。

会えてうしれかったとか、ただ親しみを込めてやったのではなく、最初からこちらの気持ちを煽るつもりだったように思えてならない。

バストが押し当たったことや、耳に熱い息がかかったことも、すべて意図してやった挑発行為なのだろう。

最後に肩透かしを食らわせるように、急に体を離して悪戯っぽい目をしたことが、それを裏付けている。

「水橋さんて、意外と怖い女《ひと》なんですね」

綺麗で品のある熟女の素顔を見た気がして、思わず本心を洩らしてしまった。

「あら、そうかしら」

だが、景子は笑みさえ浮かべて平然としている。彼がどういう意味で言ったのか、訊き返しもしない。

哲朗の胸がざわざわ音を立てて騒いだ。父の浮気相手だったこの女のことがますますわからなくなり、不安と興味が同時に沸き立つのだった。

2

「そんなに怖がらなくてもいいのよ」

「怖がってなんか、いませんけど……ホントに入るんですか?」

「ホントに入るのよ」

ランチを終えて店を出てから、ちょっと歩きましょうと言われ、渋谷駅の方に向かっていたが、途中で折れて路地を進むと、ラブホテルの小さな入り口が見えて、景子は躊躇《ためら》うことなく入ろうとする。

歩きはじめてすぐに腕をからめてきたから、また挑発が始まったと思い、熟女と学生のカップル気分にひたっているうちに、こういうことになったのだ。

想像を超える彼女のやり方に戸惑っている間もなく、哲朗は引き立てられる捕虜のようにホテルに入った。

胸の鼓動が速まって、部屋に入ってもまだドキドキが治まらなかった。景子はさっさと上着を脱ぐと、もたもたしている哲朗に手を貸して脱がせてしまう。

「わたしはこういう女よ。幻滅しちゃったかしら」

「いえ、幻滅だなんて、そんな……」

ちょっとびっくりしただけだと言おうとしたら、素早く腰に両手を回され、すぐ目の前に景子の顔があった。

「そうよね。もう大人なんでしょ、哲朗くん」

くちびるが触れそうなところまで顔を近づけてしゃべるので、温かな吐息で口元をくすぐられる。

「それはまあ、そうですけど……」

ふと有希の顔が脳裡をよぎったが、いまはどこかに行ってくれと、意識の外に追いやる。

「じゃあ、話は早いわね。気に入ったわ」

カノジョがいてもいなくても、景子にとってはどうでもいいことで、哲朗が割りきってしまえばそれでいいのだろう。

景子のくちびるが軽く触れて、ゆっくり離れた。瞳と瞳が間近にあるが、あまりに近すぎて気持ちをさぐることは難しい。

少し間を置いてもう一度触れると、今度はぴたっと重ねてきた。思わず息を止め、しっとり柔らかなくちびるを味わおうとしたが、すぐに隙間から景子の舌が入ってきた。

先端でちろちろ誘われるので、哲朗も舌を伸ばすと、すかさず吸われて引っ張られた。巧く誘《おび》き出された形で、景子は強く吸いながら、同時にざらついた表面で哲朗の裏側をすりすり舐め擦った。

彼女の舌使いを真似てみようと思い、吸い返そうとした。ところが、いったん舌を退こうとしても、景子は応じてくれない。鼻息を洩らしながら、なおも強く吸い続けるのだ。

「んっ……んん……」

強引なディープキスに息をあえがせた。まるで熟女に犯されているような感じがする。まだキスだけだというのに、早くも股間が強張って、景子の下腹に押しつけたい衝動に駆られた。

ふと気がつくと、ファンデーションの匂いを周りから包むように、ふわっと香水が漂っている。一昨日とは違うセクシーな香りで、熟れた女がまとうのに相応しい感じがする。自分がこんな美麗な熟女とホテルにいることが、いまだに信じられなかった。

おかげで哲朗は、いつにない昂奮の只中にいた。普段なら有希のリードに任せて彼女のペースで進むところを、早く熟れた肉体を味わいたくて、欲求がつのるままバストに手が伸びた。

景子はディープキスを中断すると、少し体を離し、黙って哲朗の手を見つめた。

「あの、触ってもいいですか？」

「もう触ってるじゃない、ていうか、ダメって言われたらやめちゃうのかしら」

咎められるのかと思って訊いてみたが、杞憂だった。好きなだけ揉んでよさそうなので、遠慮しないでそのまま続けると、薄いカシミヤの手触りの下はブラジャーだけだった。

ボリューム感はやはり有希と同じくらいだと思ったが、やんわり押し上げると、もっとありそうな気もする。

あらためて全体を摑んでみて、下側が豊かに張り出しているようだとわかった。揉みあやしながら、有希のお椀型とは違う形を思い描いてみる。

カップに覆われた肉はずいぶん柔らかく、揉み心地がたまらない。早くナマで拝んで、好きなだけ揉み回したいと気が逸った。

「ああっ……」

景子は瞼を閉じて気持ちよさそうに息をあえがせている。乳首が尖っていないか、揉みながら人差し指でさぐってみた。

すると、目を閉じたまま景子もジーンズの股間をまさぐって、膨張した肉棒をぐいっと摑んだ。

「うっ……」

哲朗は思わず呻いて腰を引いてしまい、バストを揉む手が止まった。ジーンズの生地越しでも、女の細い指で握られるとかえって感じやすい。快感の針がピンと撥ね上がり、ブリーフの中でペニスが早くも硬く反り返った。

負けじと再びバストを揉みしだき、乳首の在処をさぐり続ける。何となく硬い部分があるような感じがして、指先の感覚に意識を集中した。

ところが、景子は摑んだ強張りを巧みに揉みはじめ、たちまち窮地に追い込まれてしまった。

「あっ、そ、それは……」

快感が急上昇するのに焦って、声が裏返りそうになった。

「どうしたのかしら、ずいぶん気持ちよさそうな声を出しちゃって。ちょっと握ってみただけなのに」

反応があからさまだったのを面白がっているのか、景子はとぼけた口調で揶揄した。

「ダメです、そんなことしたら、すぐ出ちゃいそうで……」

「まさか。たったこれしきのことで?」

「でも……ダメなんです、そういうの、弱いから……」

「あなた、まさか童貞?」

目を瞠《みは》る彼女に、哲朗は激しく頭を振った。

景子は顔をやや左に向け、疑わしそうに目を細める。

「違いますよ、そんなわけないです」

「じゃあ、ちょっと調べてみましょうか。嘘を言っても、すぐバレるわよ」

景子はにんまり頬笑んでその場にしゃがむと、ジーンズのベルトを外しにかかった。本気で疑っているのか、遊んでいるだけなのかわからないが、さっさと外してジーンズを脱がせてしまう。

「嘘なんか、言ってませんから……」

こうなっては拒むわけにもいかず、されるままでいるしかなかった。

ブリーフの前が大きく盛り上がり、ワークシャツを押し上げているのを見て、景子の目尻が下がった。美しい顔に淫猥な色が滲み出たようで、膨らみがもこっと反応した。

「ずいぶん立派そうね」

うれしそうに言うと、シャツの下に手を入れてブリーフを包み込んだ。そっと触れているだけなのに、細くて長い指が妙にはっきり感じられて心地いい。

しかも、中指の先がちょうど亀頭の裏筋に触れていて、ほんの少しすりすりするだけで鋭い刺激になるのだ。

「こんなに硬い……」

ため息交じりに見上げる瞳が、妖しい光を放った。指の先が敏感なポイントに触れているのは、偶然ではないかもしれない。

握られたりしごかれたりしたわけでもないのに、勃起したペニスはいっそう感じやすくなり、哲朗はかなり危うい状態にあった。

「ホント、ヤバイですから、そんなに動かさない方が……」

「動かしてないわよ。硬さを確かめてるだけ」

「いや、でもそれは……あっ……」

亀頭の縁に指先が触れ、ちょっと擦れただけでビビッと電流が走った。咄嗟に腰が引けたのを追って、景子の手が伸びる。

「本当に感じやすいのね。やっぱり童貞なんでしょ」

「違いますってば」

逃げ腰でいるのはまずいと思い、じっと動かないでいると、景子がブリーフのウエストを摑んで引き寄せるので、伸びたゴムとシャツの間から、大きく張った亀頭が顔を出した。

「あら……！」

それを見て彼女は目を輝かせ、さらに太腿までブリーフを下ろして、ペニスの全貌を暴いた。天井を向いた割れ目に粘液の滲んだ痕が見えるが、息がかかるほど顔を近づけられると、ぴくりと竿が揺れて、あらたに透明な露が湧いた。

「確かに未経験てことはないみたいね」

彼女はしげしげと眺め、人差し指でその露に触れた。触れた指がぬるっと滑ったとたん、竿はいっそう硬く反り返った。

哲朗は思わず腰を捻って、彼女の手から逃げた。それがよくなかったようで、

「ダメよ、逃げたりしないのよ」

すぐにまた手が伸びて、亀頭をしっかり摑まれてしまった。その瞬間、思わぬ気持ちよさに負けて、白濁液が噴き出した。

「ううっ……」

高く飛ぶほどの勢いはなく、彼女の手に付着しただけだったが、まずいと思ってさらに腰を捻ると、精液のぬめりが痺れるような快感を生んで、今度はどぴゅっと飛んだ。

ペニスはさらに二度三度と脈を打ち、そのたびに精液がどくどく吐き出される。それを手で受け留めながら、景子は昂奮の面持ちで見入っていた。

3

「本当にすぐ出ちゃったのね」

景子は手についた精液をティッシュで拭いながら、哲朗のあまりの早さに苦笑いした。再びの悪夢に気落ちしていた彼は、追い討ちを食らってすっかりしょげてしまった。

「でも、気にすることないわ。若いんだから、またすぐ元気になるでしょ」

ティッシュをもらって後始末をしていた哲朗は、

──あのときと一緒だ。

と思った。有希との初めてのセックスを前に、ペニスをいじり回されているうちに射精してしまい、そのときも気にすることはないと慰められたのだ。

言い方はサバサバしていたが、彼女はそれ以降、ペニスへの刺激を控えるように気を遣い、前戯では受け身に徹している。

いまも景子が気を遣ってくれるので、かえって男の面目を失ったことを意識せざるをえなかった。

——まあ、すぐ元気になるっていえば、たしかにそうだけど……。

景子は手を洗いに行って戻ると、哲朗がペニスを拭くのを眺めていたが、のろのろしているので、待っていられなくなったようだ。

「そんなに丁寧にしなくていいわ、どうせまた出すんだから。それより上も脱いじゃった方がいいわね」

裸になるよう促して、自分も服を脱ぎはじめた。

しょげていた哲朗は、彼女も裸になるとあって、即座に気持ちが切り替わった。いよいよ生乳房を拝み、好きなだけ揉み回せると思うと、暴発したことはもうどうでもよくて、急いで上も脱いで素っ裸になった。

一方、景子は彼の視線を意識して、身に着けているものを一枚、また一枚と、焦らすようにことさらゆっくり脱ぎ落としていく。

そして、ペアの黒のブラとショーツだけになると、もうこれでおしまい、とすました顔で脱ぐのをやめて、また哲朗の前に跪いた。

「次はもう少し我慢するのよ」

そう言って、だらりと萎えきってしまったペニスを手に乗せて、重さを測るように上下に揺らした。それだけでも少し血流が集まりかけたが、やんわり握られると、むくむく膨らみだした。

「そんな、いきなり元気にならなくたって……」

呆れた口ぶりにしては、軽く握っては緩め、握っては緩めして、早く勃起させようとしている。すぐに芯が通っていっそう感じやすくなったが、それでも哲朗は、一回出しているので少しは堪えることができると高を括っていた。

景子は竿にしごきをくれて硬くなったと見るや、亀頭に唾液をたっぷり垂らした。そして、握るというより、軽く手で包むようにしこしこやった。

「ううっ……き、気持ちいい……」

唾液のぬめりが急激に性感を高め、早くも堪えるのは厳しそうな気配だ。

「こっちの方がいいかしら」

縦にしこしこ擦っていたのを、捻り回す動きに変えると、巧みに手首を使ってスムーズに刺激する。そういう摩擦感に慣れていないせいか、みるみるうちに射精欲が湧き起こり、哲朗は切羽詰まった。

肛門を引き締めて懸命に堪えるが及ばず、みるみる頂上が近づいてくる。

「それはヤバイです……あっ……あうっ……」

「ダメッ、イクのはまだよ！」

その瞬間、景子の手が亀頭をぎゅっと力強く握り込んだ。気持ちいい摩擦感が突然止んで、しばらくそのままでいると、射精欲は不思議なほどあっさり退いていった。

「もう大丈夫ね？」

「まあ、なんとか……」

すんでのところで射精を免れると、景子はそっと手を緩めてくれた。すると、先割れから粘液がたっぷり流れ出て、唾液と混ざり合った。

「哲朗くん、もう少し鍛えてあげた方がよさそうね」

「鍛えるって、何をするんですか」

「心配しないで、いまみたいにするだけだから」

「だけって……」

いったい何を考えているのだろうと訝るが、景子はどこ吹く風で、少し柔らかくなった竿を揉んだりしごいたりする。

しっかり硬くなると再び亀頭を握って捻り回した。唾液だけではなく粘液も混じっているから、さっきよりさらに気持ちよかった。

しかも、そうやって亀頭を攻めながら、指の先で玉袋をすりすり撫でるのだ。

皺々の嚢皮をやさしいタッチで刺激するだけなのに、亀頭と同時にやられると思った以上に気持ちよくて、肛門までひくついてしまう。

「ダメよ、我慢しなさい。まだ出さないのよ」

景子は彼の状態を敏感に察知して、厳しい教官かコーチのような声かけをする。

「そんなこと言われても、できる我慢とできない我慢が……」

「なにを生意気なこと言ってるの。できなくても我慢するの！」

ピシッと言い放ったが、言葉とは裏腹に、亀頭をぐにゅぐにゅ捻り回した。とたんに甘美な痺れに襲われて、暴発の危機がみるみる迫ってくる。

すると彼女はすぐに手を止めて、またも強く握り締めた。血流を遮断されて、膨張しきった亀頭が手の中で悲鳴を上げた。

高まった射精欲はゆっくり遠ざかっていったが、哲朗にしてみれば、焦らされて虚しさが残るだけだった。

まさに経験豊富な熟女にやられ放題といった状況で、これだから父も浮気をやめられなかったのかと思った。

「やればできるじゃない。まだまだ行けそうね」

「そ、そんな殺生な……」

亀頭攻めは鮮烈だが、ペニスをオモチャにされている感じがしないでもない。気持ちよくしてもらうというより、弄ばれているのではないかと思ってしまう。

「次は……そうね、こんなのはどうかしら？」

景子は哲朗の股間に屈み込むと、玉袋をちろちろっと舐めた。見上げる彼女と目が合ってぞくっとしたとたん、肉棒が撓って、唾液まみれの鈴口からまた透明な汁が洩れ出した。

さらに玉袋から竿の根元へ移動して、ねろっ、ねろっと間を置いて舌を這わせ、様子を見ながら徐々に先端へと向かっていく。

――しゃぶってくれるのか？

どうせまた寸止めされるに違いないと思っても、仄白いピンクの舌を見ると期待せずにはいられない。手指と違う微かなざらつきが気持ちよくて、温かな鼻息でくすぐられるのもたまらない。

快感が高まってペニスの反りが強まると舌が離れ、少しするとまた舐められる、その繰り返しだが、敏感な裏筋に近づくにつれ、反りはさらに強くなり、亀頭は大きく張り詰めた。

彼女はふいに舌を引っ込めて、先端から汁を滴らせる肉の塊をじっと見つめた。

熱い吐息が降りかかり、舌が触れる瞬間をいまかいまかと待ち焦がれる。

「な、舐めてくれないんですか?」

「どうしようかしら……舐めてあげてもいいけど、すぐイクのはダメよ」

「でも、もうそろそろ限界かも……」

「しょうがないわね」

やっと射精を許されるかと思ったら、景子は下腹と肉棒の間に手を差し入れて、亀頭に舌を伸ばした。いざとなったらまた握り締めて、発射を食い止めるつもりだろう。

だが、ようやく亀頭の裏に舌が触れると、待ち焦がれた感触に心が躍った。ねろりとひと舐めされただけで、天にも上りそうな快感を味わえたのだ。

声を殺してあえぐのを、彼女は上目遣いで窺い、さらに傘の縁に舌を這わせた。

「うう っ……」

抑えきれずに声が出てしまい、竿が撓った。急激に高まって、もうこれでイクと思った瞬間、またしても握り締められた。いままで以上に力を込められ、しかも竿を握ったので、膨れ上がった亀頭が手から飛び出て、赤黒く変色していく。まるで首を絞められて断末魔の苦しみにあえいでいるかのようだ。

実際のところ、哲朗は繰り返される生殺し状態にあえいでいた。イク寸前で何度も中断され、もどかしさでどうにかなりそうだった。

「あああ……も、もうダメです……イカせてください……お願いですから……」

心から哀訴すると、景子は上目使いで見て、不敵な笑みを浮かべた。鍛えるとか言いながら、サディスティックな趣味があるだけではないかと疑いたくなる。

「わかったわ。ずいぶん我慢したから、もうイッてもいいわよ」

鬼のような言葉が帰ってくるかと思ったら、意外とあっさり許された。

するると、ほっと安堵している間もなく、ペニスをぱくっと咥え込まれた。粘膜と舌でぬめぬめ擦れて奥まで入ると、ゆっくり吐き出されつつ、蠢く舌で存分に嬲られた。

「あうっ……ううう……」

鋭い快感に襲われて、思わずうめき声が洩れた。景子の頭はスローモーションのように上下するが、口の中では舌が休みなく這い回っている。

吐き出すときに強く吸われると、密着した舌の微かなざらつきが驚くほど際立って、えも言われぬ摩擦感が生まれる。

こんなに気持ちいいフェラチオをされたら、父も浮気をやめられなくて当然と思ったが、それはちょっと違うと気がついた。父がこれだけのテクニックを教え込み、彼女に経験を積ませたと考える方が自然なのだ。

「あああっ、出る出る……イクッ……」

目も眩む快感とともに、膝ががくがく震えた。ペニスは立て続けに力強く脈動したが、二度目なので射精量自体は多くなさそうだった。

彼女は射精とともに動きを止めて、精液をこぼさず受け留めていたが、終わるとペニスを吐き出して、ごくんと喉を鳴らした。

――呑んでくれた！

いままで何度も寸止めされて、焦れる思いに苦しめられたことも、これで帳消しだ、と悦んだのも束の間、すぐに彼女はペニスを咥え、再び舌を使いはじめた。射精直後の亀頭を容赦なく嬲りだしたのだ。

「うわっ、や、やめて……もういいです……ああ、そんな……」

ゆっくり余韻にひたることも許してもらえず、過敏な亀頭をなおも攻められて、哲朗は悲鳴を上げた。

それでも舐めしゃぶるのをやめてくれず、膝の震えが止まらない。彼女が両太腿を摑んで支えるが、ふらついて立っていられず、とうとう後ろにあるベッドに座り込んでしまった。

だが、彼女はペニスに食らいついたまま、舌を使い続けている。射精はさせても簡単には終わらない、とことん鍛えてやるとでもいうのだろうか。フェラチオの前に見せた、不敵な笑みの意味が何となくわかった気がした。

ベッドに座って安定したことで、彼女はまた頭を上下させて、亀頭も竿も満遍なく舐めだした。

「うおっ……おおっ……」

哲朗は断続的にうめき声を上げた。もう快感を通り越して、苦痛すら覚える状態だった。

ペニスはじんじん痺れて、しだいに感覚が鈍ってくる。しばらくすると、半ば麻痺しかかって、おかげで射精直後の過敏な状態よりむしろマシなくらいだ。

さらにそれが続くと苦痛も感じなくなり、このまま続けられても平気かもしれないと思えてきた。

うめき声を出さず、あえぎもしなくなると、彼女の上下の首振りがゆっくりになった。舌の動きも緩やかで、攻めるというより、ペニスの形状を確かめているようでもある。

射精したにもかかわらず、ペニスは彼女の口の中でずっと屹立したままだ。このまま引き続いてセックスできそうな気さえした。

4

景子は存分に舐めつくしてから、ようやくペニスを吐き出した。唾液にまみれた逸物は、天を衝いて反り返っている。我ながら逞しさを感じて、思わず見入ってしまった。

「鍛えがいがあるわね、コレ」

彼女は根元から先までやわやわ握って感触を確かめると、にんまり頬笑んだ。

「今度はわたしが愉しませてもらうから、仰向けになりなさい」

そう言って背中に手をやると、ブラジャーのフックを外した。固唾を呑んで待っていると、ついに生の乳房が露わになった。

想像した通り、下の方がボリューム豊かで、淡い褐色の乳首がつんと上を向いた、美しい乳房だった。乳暈が大きくないのも、彼の好みにぴったりだ。

「さっさと横になるのよ」

見とれていると叱られて、慌てて仰臥した。そこであらためて、いよいよセックスだと実感した。

景子がショーツを脱いで全裸になると、下腹の秘毛に目が行った。栗色に染めた髪の毛と違い、黒々と茂っている。

ベッドに上がる彼女の乳房と秘毛を、食い入るような哲朗の視線が行ったり来たりした。そんなことにはかまわず、彼女は哲朗の上に跨ってきた。騎乗位で合体するつもりらしい。

ペニスを摑んで上に向け、先端を揺らしてワレメに擦りつけると、ぬるぬる滑って気持ちいい。景子もすでに準備が整っていたのだ。

「ちょっ……ちょっと待って」

「どうしたの、いまさら怖気づいたわけじゃないでしょうね」

冗談めかして言いながら、腰を沈めずにとりあえず待ってくれる。

「そうじゃなくて……」

亀頭で肉びらやクリトリスを擦り続けるので、そのまま繫がりたい欲求に駆られるが、その前にどうしてもやってみたいことがあった。

「オッパイ……触らせてもらっても、いいですか」

それくらいはセックスの最中にいくらでもできそうだが、何よりもまず柔らかそうな美乳の感触をしっかり味わっておきたい。そんな気持ちにさせるほど、魅力的な乳房なのだ。

「そんなにオッパイが好きなの？」

景子はさも可笑しそうに笑うが、満更でもない様子で仰向けに身を横たえた。

哲朗は歓び勇んで体を起こした。魅惑の双丘はやや脇へ寄りはしたものの、豊かに張った下半分は崩れていない。

「綺麗だ……」

思わず口を衝いて出た言葉に、景子の頬が緩んだ。裸を見られるのが好きな有希には、いつも綺麗なオッパイだと言うようにしているが、いまのは心の底から自然に出たものだった。

触ろうとすると微かに手が震えたが、思いきって触れたとたん、極上の柔らかさに魅了されて、全身の神経が手指にだけ集中するようだった。

それは想像を超える柔媚な感触だ。ただ柔らかいだけでなく、ほどよい弾力もあり、どんなふうに揉んでも、手にぴったり貼りついて自在に形を変える。

哲朗は夢中になって揉みまくり、右から左、さらにまた右へと忙しなく移って、結局は両手を同時に使って双丘の触感を味わった。

景子は目を細めてそれを眺めていたが、彼の方はまったく気づかず、乳首が指に触れるたびに痼《しこ》ったように感じるので、そちらに目が行っていた。

舐めてもいいか訊こうとしたが、また「ダメって言われたらやめるの？」と言われそうで、思い留まった。

とりあえず様子を窺おうと目を上げ、そこで初めて心地よさそうな彼女の表情に気づいた。

——大丈夫だ！

好きにしていいのだと安堵して、すかさず右の乳首に吸いついた。こりっとした肉粒に舌が触れると、景子の上体がわずかに揺れた。さらに舐め擦ると、

「あっ……」

胸が撓んで、あえかな吐息が洩れた。

感じている気配に気をよくして、哲朗は一所懸命に乳首を舐めまくった。舌先で弾いたり、上から押して乳房に埋もれさせたりもした。

こりこりした舌触りはさらに痼り、粒も心持ち大きくなっているようだ。どれくらい硬いか歯を立てたとたん、

「あうっ！」

バネが外れたように上半身がびくっと縮こまった。反応が大きくて一瞬びっくりしたが、さらに甘咬みを続けると、上体を揺らして断続的に声が洩れる。吐息のような微かな声は、少し強めに歯を立てただけで、鼻にかかった甘い声に変化した。

左の乳房も一緒に揉みしだいていたが、乳首を摘まんでぐりぐり転がすと、体の揺れがうねるように大きくなった、と思ったとたん、びくんっと強く揺れて、乳首が口からこぼれ出た。

思いのほか感じている様子に、哲朗は舞い上がった。彼女はうっとり瞼を閉じて、半開きのくちびるがいかにも気持ちよさそうだ。

左の乳首に移って舐め転がしてみて、反応が右より大きいような気がした。舌を思いきり伸ばして、強く弾きながら観察すると、顎を浮かせて右に左に首を振るが、表情まではわからなかった。

甘咬みで右と比べてみようかと思っていたら、ふいに景子が顔を上げて、目が合った。潤んだ瞳に昂ぶりが表れていたが、すぐに平然とした表情に戻ってしまった。

「もう、それくらいでいいでしょ」

何事もなかったように起き上がると、哲朗と入れ替わって上になり、あらためて腰に跨った。

見た目ほど感じてはいなかったのかと、哲朗は気落ちしかけたが、彼女が再びペニスを持って秘孔にあてがうと、さっきよりもさらに蜜が溢れ、泥濘状態と言っていいくらいだった。

「いっぱい気持ちよくしてちょうだいね……」

景子はひとり言のように呟きながら、ゆっくり腰を沈めた。亀頭がぬめった肉に締めつけられ、さらに竿が呑み込まれていく。温かな膣壁を潜って奥まで到達すると、景子がふうっと息を吐いた。

すぐには動かず、埋まった肉棒の太さ、硬さを味わっているようだ。

哲朗も熟れた肉の感触に心を奪われた。軟らかさや温もりはもちろんのこと、密着感が何とも素晴らしく、逃げないようにしっかり摑まれている感じがするのだ。

——これで動きはじめたら、どんなに気持ちいいだろう。

期待を膨らませていると、奥の方がきゅっと収縮した。軟らかい肉が亀頭を握ったような感じだった。すると今度は、入り口が竿の根元付近を締めつけた。じっとしているのに、中は妖しい動きを見せる。その事実に、哲朗は感動すら覚えたが、それは自分が落ち着いているからこそだと、すぐに気づいた。騎乗位で結合したのに暴発の心配をしていない、そちらの方がむしろ感動的だった。有希が久しぶりに上になって、あっという間に射精してしまったのは、つい先日のことなのだ。

「すごい、硬いわ……」

景子が静かに動きはじめて、我に返った。ゆっくり腰を上下させると、密着した膣壁がペニスにまといつきながら擦れる。彼女は逆にペニスで擦られる感覚を味わうために、緩やかに動いているのだろう。

哲朗は気持ちよくてつい腰を突き上げそうになるのを我慢した。迂闊《うかつ》に動いて射精を早める結果になってはもったいない。ここはおとなしくして、彼女にすべてを任せた方が賢明だ。

ゆっくり腰を上下させていた景子は、ふいに動きを変えた。腰でぐるぐる円を描いたのだ。結合を浅くしてそれをやるので、ペニスもぐるぐる振り回され、摩擦感がまったく違うものになった。

「ああ、いいわ……これよ、これ……ああん……」

うわ言のように呟くと、動きが急に速くなった。哲朗は快感が高まったとたんに、アヌスを引き締めた。さすがにもう余裕はなくなりつつあった。

景子は腰を回しながら、前屈みになって彼の両肩に手をつくと、その速さで再び上下に腰を振った。ペニスが膣壁を抉って、ますます気持ちよくなる。

少しして彼女はまた円運動に切り替え、さらにスピードを上げた。動きが変わるたびに加速して、腰使いはどんどん激しくなっていく。

「ああ、水橋さん……ちょっと……」

動きを止めてくれないかと言いたかったが、聞き容れる彼女でないことはわかっていた。

腰を大きく上下に振っては、また円を描く、それを繰り返されて、とうとう限界がやって来た。

「ああ、ダメだ……ううう……」

うめき声とともに、ペニスが大きく脈打った。だが、すでに精液は出しきってしまい、空砲だったかもしれない。

景子はそんなことなど関係なく、哲朗の顔の上で髪を振り乱し、激しく腰を使っている。

「すごい……すごいわ……ああ、いいわ……」

ペニスは果ててもなお硬さを失うことなく、熟れた肉を抉り続けている。だが、亀頭の感覚はかなり鈍っていて、股間にただの棒がくっついているような感じだった。

しばらくすると、景子が体を真っすぐに起こして、腰の動きがまた変わった。円を描いていたのが前後に揺らす動きになり、再び円運動に戻る、その繰り返しで、上下動はなくなった。

前ほど激しくはないものの、見るからに卑猥な腰使いだった。胸から上はほとんど動かさないので、乳房の揺れも少なく、腰だけがくねくね、くいくい動き続けている。逆の言い方をすれば、激しくないからこそ、いやらしく見えるのだった。

彼女はそれを、深く腰を沈めてやったり、浅い結合にしたりといった具合に変化させている。引っきりなしに動きを変えるが、浅い位置で前後に動くときだけ決まって時間が長く、その動きと角度がいちばん気持ちいいのだろうと想像がついた。

「ああん、ダメよもう……イキそう……あぁっ……」

うわ言のようだったあえぎが、切羽詰まった響きになってきた。表情も蕩けたように甘く、妖艶さがさらに増している。

ふいに腰の動きが止まり、竿の根元がぎゅっと締めつけられた。それとは別に、奥の方が小刻みに収縮して亀頭を揉みあやしている。

てっきりアクメを迎えたのかと思ったが、景子は再び動きだして、卑猥な腰つきを見せつけた。

半ば麻痺したように感覚が鈍っていたペニスだが、ここに来て濡れた肉の密着感や摩擦感をはっきり感じるようになった。それが気持ちよくて、竿はより硬く反り返った。

——立て続けに、二度もイクのか！

哲朗は色めき立ち、腰が自然に持ち上がった。景子はいつの間にか前後に動くだけになっていて、それを突き上げる形で恥骨を圧迫する。互いの縮れ毛が擦れ合って、じょりじょりと音まで聞こえそうだ。

「んっ……んっ……んあぁっ……」

景子は天井を向いて髪を振り乱している。彼女の腰使いに合わせ、哲朗は下からずんっ、ずんっと突き上げた。

「ああ、イク……イクわよ……あっ……あああんっ！」

景子の腰ががくっ、がくっと揺れたあと、全身が硬直した。それとほぼ同時に、ペニスは再び力強く脈動した。今度は間違いなく空射ちだったが、じんじんと痺れるような快感がしばらく尾を引いていた。

景子は硬直が解けるとぐったりして、哲朗の上に倒れ込んできた。背中に腕を回して受け留めると、柔らかい体の重みが心地よかった。まだ彼女の中にある逸物が、名残の蠢動を感じてひくっと撓った。

二人はしばらく体を重ねたままでいたが、快楽の余韻がゆっくり去ると、景子が起き上がって結合を解いた。ティッシュを取って後始末をすませると、

「シャワー、先に浴びるわよ」

後ろ姿で軽く手を上げ、バスルームに消えた。一緒にシャワーを浴びることも考えたが、〝先に〟と彼女が言ったので、待つことにした。

酷使されたペニスをティッシュで拭っていると、男としてひと皮もふた皮も剝けた気がして、初めてセックスに自信を持つことができそうだった。

すべては彼女のおかげだが、それにしてもいきなりホテルに誘ったのはなぜだ

ろうと、あらためて考えてしまう。

割りきった考え方ができる享楽的な女なのか、と思ったが、そういうポーズをしてみせただけという気もする。

――もしかして、オヤジの代わりってことか……。

景子は父によく似た哲朗を通夜のときに見ていて、一昨日、偶然顔を合わせてそういう気持ちになった、ということだろうか。

バスルームから出てきた彼女に、その問いを直接ぶつけてみた。すると、ふっと軽い笑いを浮かべて、斜めに彼を見た。

「あなたに知也の代わりが務まるのかしら？　己惚《うぬぼ》れないでちょうだい」

また突き放すような言い方をするが、いままでずっと〝お父さん〟だったのが、初めて〝知也〟になった。

それは思いのほか、なまなましい響きで、抱擁している二人の姿が、彼女に会う前より遥かにリアルな像となって脳裡に浮かんだ。

「なんとなく思っただけなんで、べつに大した意味はないですから」

言い訳がましいことを言って話を収め、やはり快楽のためだったのか、という思いを強くした。

そしてさらに、父が彼女をそういう女にしたに違いないと悟った。それは哲朗が見てきた父とは別の顔を持つ男だった。

――オレじゃ無理かな……。

景子のおかげでセックスに何とか自信を持てそうな気がしただけなので、父に代わって彼女を満足させるなんて、果たしてできるだろうかと思う。彼女がアクメに達したのは間違いないが、それが自分の力量によるものではないことが、何とも歯痒いのだった。

「ボーッとしてないで、早くシャワーを浴びてきなさい。そろそろチェックアウトするわよ」

追い立てられるようにバスルームに入ると、鏡に映った股間に目が行った。萎えてもやや腫れぼったい逸物が、やはりいままでとは違って見えた。

じんじん痺れる感覚がまだ少し残っていて、亀頭を握ってみると、前ほど敏感ではなくなっていた。これは本気で自信を持っていいのではないか、と思うと自然に頬が緩むのだった。

第四章　アブノーマルな手ほどき

1

「ただいま。哲っちゃん、帰ってたのね」

　パート勤務を終えた喜久枝が帰宅した。スーパーでいろいろ買い込んできたらしく、パンパンに膨らんだショッピングバッグを手にしている。

「今日はアルバイトじゃなかった？」

「ちょっと用事ができたんで、代わってもらった」

「どうしたの、なにか急な用事？」

「うーん……」

哲朗はどうしようか迷ったが、有希に言ったのと同じ嘘の理由を話した。有希とはあれから親しく連絡を取り合ったりしているらしいので、内定先の人事担当者とランチしたのを黙っていた、ということになると面倒だからだ。

父の愛人であった景子とラブホテルで関係を持った哲朗は、母と顔を合わせるのが気まずくて、帰ってからずっと落ち着かなかったが、こうして実際に顔を見ると、申し訳ない気持ちでいっぱいだ。

「お腹空いた？　ちょっと待っててね、急いで作っちゃうから」

仕事が終わって買い物をして、急いで帰って早速晩御飯の支度に取りかかった喜久枝。後ろでまとめた髪があちこちほつれているのもかまわず、せっせと立ち働く姿を見ていて、また景子と比べてしまいそうになり、

「メシ、できたら呼んで」

哲朗はとりあえず自分の部屋に引き上げることにした。晩御飯は一緒に食べるが、そのあとはまた部屋にこもってしまおうと思う。とにかく、しばらくは母とできるだけ顔を合わせずにすませたかった。そうすれば罪悪感と向き合う時間も少しは減るだろう。

ところが、有希の場合はそんな都合のいい考えは通用しなかった。しばらく会

わないなんて、どうあっても不可能だからだ。

翌日、哲朗はアルバイトが終わってから、彼女のアパートに寄った。バイトを代わってほしいと電話で頼んだときに、そういう約束をしていたのだ。

行けば「ランチはどうだった?」と訊かれると思っていたが、意外にもその話は出なかった。その代わり、

「昨日貸した分を返してもらおうっと」

有希はベッドでいつも以上に熱のこもった愛戯を求めてきた。

「承知しました。では、思いきりサービスさせていただきましょう」

哲朗は軽口を叩いて、やさしく丁寧なキスをいつもより長く続けた。軽くくちびるを触れて、顔じゅうあちらこちらを彷徨い、耳やうなじを辿ってまた元に戻り、といった調子で休みなく続ける。

同時に指先をそっと耳やうなじに這わせ、さらに肩口や鎖骨まで、広い範囲を羽毛のようなタッチで撫で回した。たまに彼女がやってくれることの真似ではあるが、たっぷり時間をかけて丁寧にやれば悦ぶに違いない。

ところが、昨日の今日なので、くちびるを重ねて景子とのディープキスを思い出さないはずはなかった。強く舌を吸い立てられた、まるで熟女に犯されている

ような感覚が甦ると、有希の好みに合わせた戯れるようなやさしいキスは、もの足りなく思えてくる。

時間をかけてようやく舌を入れる段になり、有希の薄い舌とねっとりからめ合うと、つい強引に吸ってしまいそうになった。

——いつもと違うことをやるとマズイぞ、気をつけないと……。

それはかえって昨日の景子との性戯を意識することになりかねない。

そろそろ長いキスを終えようと、ブラジャーを外した哲朗は、

「綺麗なオッパイ……」

いつもと同じことを囁いて、自分の言葉に違和感を覚えた。裸を見られるのが好きな有希のことを思って言うのだが、これまでは本当に綺麗なお椀型だと感じていたのに、いまは平凡な形に見えてしまう。

無意識のうちに比較して、景子の美乳に高ポイントを与えていた、そのことに引け目を感じながら、さらに下も脱がせ、急いで自分も裸になった。

横たわる裸体に覆い被さって乳房を揉みあやすと、やはり若々しい弾力に満ちていて、手指をしっかり押し返してくる。

景子の乳房も弾むような手触りだが、さすがに張りでは有希が勝っている。そ

う思うことで、自分の中で帳尻を合わせようとする哲朗がいた。

「咬んで……強く咬んで……」

乳首を転がすと、有希は気持ちよさそうに上体を反らし、愛咬をせがんだ。望み通り歯を立てて、もう一方は指で強く揉み転がした。

「ああああんっ……気持ちいい……」

乳首は強く刺激されるのが好きだから、まだまだ強めていいのはわかっているが、彼女の求めるペースで進めようという気持ちがいつも以上に強かった。我がままなおねだりに従う形を取った方が、昨日の借りを返したことになりそうな気がする。

「ああん、もっと……もっと強く咬んで……」

案の定、激しい咬戯を求められ、歯で強く揉み回すようにぐりぐりやった。有希は甲高い声を上げて、大きく仰け反った。

「あううっ……も、もっと……もっと……」

さらに強く咬んで、もう片方も指でぎゅっと捻ると、有希の声がふいに途切れ、口をぱくぱくして息をあえがせる。背中が浮いて、頭で支えるブリッジのようになったかと思うと、ばたっとベッドに沈んで身をくねらせた。

反応が激しくて、乳首は口からとび出てしまった。唾液まみれの肉粒を逃すまいと、すぐさま咥えてまた歯を立てる。すると有希は、彼の頭を両手で摑み、強い力で髪を掻き毟《むし》った。

「ああん、イッ、イイーッ……」

いつもながら乳首の感度のよさには感心させられる。左右を替えて、咬戯と指戯とでさらに攻め続けると、有希は悩ましげに身悶えしながら、いっそう甲高い声を上げてよがった。

ふいに昨日の景子のことが脳裡に浮かんだ。彼女もやはり乳首が感じやすかったが、攻めている途中で「もういいでしょ」と言われ、終わりにされてしまった。

──あのまま嬲り続けていたら……。

有希以上に激しく悶え狂ったかもしれない。そのあとすぐに結合したら、秘処は夥《おびただ》しく濡れていたので、乳首攻めが効いていたのは間違いない。本心では彼女も強く咬んでほしかったのではないか──そう思うと、あのまま続行できなかったことが残念でならない。

景子のことを考えていたら、いつの間にか愛撫が疎かになっていた。

「どうしたの……もっと続けて……」

催促されて哲朗は慌てた。今日は様子がおかしい、と思われては拙《まず》いので、さっきよりもさらに熱のこもった愛撫でこの場を乗り切らねばならない。

あらためて舌と歯と指を駆使して戯弄すると、有希はまた身を仰け反らせて悶えはじめた。

「あんっ……あんっ……あんっ……」

切れ切れに鼻にかかった声を上げ、右に左に首を振っている。ぐりぐりっと乳首を咬み転がしては、もう片方を潰れるほど捻り上げる。交互に激しく攻め続けるうちに、有希の腰が波を打ちはじめ、快感の高まりを露わにした。

哲朗はさらにクンニリングスを求められ、蜜が溢れ返る秘裂に舌を伸ばした。あれだけ反応が激しかったので、いつも以上に濡れているに違いないと思ったが、その通りだった。

溝に溜まった蜜を掬い、花びらのすぐ内側も掻き取ると、舌もくちびるも花蜜でべっとりになった。口の周りも女の淫臭にまみれてしまう。

有希は心地よさそうに腰をくねくねさせている。白っぽいピンクのクリトリスを剝き出して、舌先でちろっと舐めてみる。とたんに下半身がびくっと震え、花蜜を舐め取ったあとの秘孔から、とろりと新たな蜜が流れ出た。

試しに人差し指を挿入すると、中に溜まった蜜が押し出され、溝から溢れてアヌスまで滴っていく。軽く抽送すると、襞肉がぬめっと擦れて、指の付け根までべとべとになった。

「もっと舐めて……いっぱい舐めて……」

せがまれてクンニを再開したが、クリトリスだけに集中して、指も抜かずに抽送を続ける。それで有希の悶え方は、いっそう激しくなった。

哲朗は結合する前に一度イッてもらおうと考えた。この状態なら、さほど時間はかからないだろうし、その方が次にペニスを挿入したときに、早めにアクメを迎えるに違いない。

指の抽送を深く、速くして、途中からは二本に増やした。クリトリスは舐めるだけでなく、吸い立てたりもした。

同時攻めは予想以上に効いて、指をくいくい締めつけてくる。さらに腰が小刻みに震えだしたかと思うと、ふいに大きく跳ね上がった。

「はうんっ！」

大きな声が上がったので、イッたのかと思ったが、有希は休むことなく貪欲に求めてきた。

「挿《い》れて……お願い、もう挿れて……我慢できない」

「ゴムは？」

「大丈夫、そのままで……」

哲朗はすでに準備万端整っている。正常位で重なって、ペニスを摑んで蜜穴をさぐると、ぬめった肉が容易に迎え入れてくれた。

「あっ……あああ……イイッ……」

有希の口からため息のようなあえぎ声が洩れた。

哲朗はいったん奥まで突き入れて、ゆっくり引きながら挿入感を確かめる。昨日のような痺れた感じはないものの、亀頭の感覚は以前と違ってややマイルドだった。

――これなら、ちょっとは長持ちしそうかも……。

楽観的な気分で抜き挿しを始めると、快感はいつもよりゆっくり上昇していく。だからといって調子づいて速めたりすると、急に切迫しないとも限らないので、油断することなく慎重に腰を使った。

様子を見ながら続けたが、ゆっくりした抜き挿しであれば、思ったより長く続けられそうな気がした。

やはり、昨日あれだけ鍛えられた効果が早くも現れているに違いないと、哲朗はほくそ笑んだ。ところが、それも束の間、

――ヤバイ！　早く出さないと疑われる！

長持ちするとむしろ具合が悪いことに気がついて、早く射精しなければと抜き挿しを速めた。

「ああん……あっ……あっ……あっ……」

有希は仰け反って声を上げる。右に左に首を振り、シーツをぎゅっと摑んで両腕を突っ張らせた。

恥骨をぶつけるように激しく腰を使うと、どんどん気持ちよくなる。早く出さなければと思うから、腰の動きはさらに加速して、哲朗らしからぬ荒々しい抽送になった。

ほどなく射精欲を覚えると、ますます激しい腰使いでスパートした。

「あうっ……あうっ……あうんっ……！」

派手な声とともに下半身を強くバウンドさせて、有希の体は硬直した。続いて哲朗も鋭い快感に見舞われ、下腹の奥から熱いものが弾け飛んだ。立て続けに射精すると、快楽以上に安堵の気持ちが広がった。

――よかった……。

それほど長持ちはしなかったから、疑いをかけられずにすむだろうと思った。

ぴったり覆い被さって荒い息が治まるのを待っていると、有希も下で乳房を波打たせ、呼吸を整えていた。

ところが、何度か大きく深呼吸してから、

「哲っちゃん、昨日なにかあった?」

ドキッとさせることを彼女は言った。

「ん? なんで?」

何とか動揺を隠して訊き返すと、にんまりと意味ありげに笑った。

「人が違ったみたいに激しいから、人事の人になにか気になることでも言われたのかと思って」

「なんだ、そういうことか。有希の感じ方がいつもよりすごいから、自然にそうなっただけだよ」

有希は照れ笑いに変わり、視線を逸らした。

意味ありげに笑ったのは、人事担当者云々は関係なく、激しい腰使いで攻めたからだろう。疑われる心配がなくなり、ほっとして哲朗の頰も緩んだ。

知也の代わりが務まるのかと言い、己惚れるなとまで言った水橋景子だが、それからも快楽にひたるために哲朗を誘い出した。

こんなことをしては母に申し訳が立たないと思いつつ、哲朗は誘いを断ることもできず、ホテルで三度の逢瀬を重ねるともう、景子から連絡が来るのを心待ちにするようになった。

もちろん有希に対しても罪悪感を禁じえないが、熟女の艶美な魅力にどうしようもなく惹かれていく自分がいて、それに悩み葛藤はしても、坂道を転がりはじめたボールのように、もはや止めるのは不可能だった。

2

そして今日、彼は景子の自宅マンションに招かれ、最初に住まいをさがし当てたときと同じ道を、まったく違う気分で歩いていた。

彼女は遅番で午後三時頃まで時間があると言ったが、哲朗は三講目に出席しなければならない。昼までしか空いていないので、十時に訪ねると伝えてある。朝から甘い蜜の時を過ごすことを思い、早くも昂ぶりを覚えるのだった。

マンションに着いて、門の前で五階のベランダを見上げると、前に来たときの心持ちを思い出して、じわりと胸にこみ上げるものがあった。

インターフォンで訪《おとな》いを入れると、ほどなくドアが開いて景子が迎えてくれた。

「どうぞ」とひと言だけで、表情も態度も素っ気ないが、もう何度も彼をここに招いているような、ごく自然な雰囲気でもあった。

この前と同じようにリビングダイニングのソファを勧められ、紅茶を出された。彼女は自分の分は入れないで、哲朗の横に座って、紅茶を啜るのを目を細めて見ていた。

「緊張してるのかしら。もっとくつろいでくれていいのよ」

リラックスしなさいとでも言うように、哲朗の肩から二の腕のあたりをそっと撫でさすった。

べつに緊張しているわけではないが、頭の中はセックスのことで一杯なので、そう見えるのかもしれない。

「自宅に呼んでもらえるなんて、思ってなかったから、それはちょっと意外だったけど、緊張してるわけじゃないんで」

「それならいいわ。でも、どうして呼んでもらえると思わなかったの？」

軽い言い訳のつもりだったが、よけいなことだったかと、突っ込まれてから思った。

「娘さんと住んでるって言ってたから、そこへ呼ぶっていうのはちょっと……」

言いにくいことなので、言葉を濁した。肉欲に耽った相手の男を自宅に入れるというのは、むしろ避けたいことではないかと思うのだが、それを口にすると、せっかく招いてもらったのにケチをつけることになってしまう。

ふいに景子の目が妖しく光った、と思う間もなく体を寄せてきて、顔が間近に迫った。

「ちょっと、なにかしら？」

それは聞き捨てならない、といった空気をはらんで問い詰める。吐息が頬にかかってこそばゆい。彼女の方を見られなくて、顔を横に向けたまま体が強張ってくる。

「そ、それは……」

「なあに？」

「ちょっと、言いにくいので……」

「いいから言ってごらんなさい」

耳元で囁かれて、背筋がぞくぞくする。これなら言ってしまった方がもっとエロい雰囲気になるかもしれないと思った。

「娘さんと二人で住んでる自宅に、男を連れ込んだりするとは、思わなかったっていうか……」

くすっと笑われ、吐息で耳の穴の奥までくすぐられた。

「ずいぶんな言い方するじゃない。まあ、いいけど……自宅に呼ばれて、ホテルと同じことをしてもらえるって、思ったのかしら」

「そうじゃなかったんですか？」

「今日は、ちょっと違うかも」

とんでもない早合点だったのかと、哲朗は急に不安になった。

だが、景子のくちびるが耳に触れ、触れながらなおも吐息を洩らして官能を刺激する。さらに二の腕にやんわりバストが押し当たるので、股間が疼いて仕方がない。

「違うっていうと、つまりどういう……」

「だから、それはもちろん、ホテルでしたみたいなことは、今日はやらないっていうことでしょ」

でも、もう始まってるのでは、と言う前に景子のくちびるが頬に触れ、さらに口元へ向かってじわじわ移動する。彼女に頬と耳を預けたまま硬直していた哲朗は、くちびるが重なることを期待して、ほんの少し顔を横に向けた。

それだけで二人のくちびるは重なり、どちらからともなく舌が入った。湿った舌がねっとりとからんで、

——これはやっぱり、前と同じパターンじゃないか。なのに今日はやらないって、どういうことだ?

訝りながらも安堵して、吸われたり擦られたりといったディープキスに、早くものめり込んでいく。哲朗も負けじと吸い立てると、一気に濃厚な舌のからめ合いになった。

「んっ……んむっ……」

くぐもった声が景子の口から洩れた。それがいかにも気持ちよさそうに響くので、さっきの言葉の意味など、もうどうでもよくなった。いつものように舌をからめ合い、吸い合ううちに、結局は同じパターンになるに違いないと思った。

彼女は哲朗の意を汲んだかのように舌を預け、さらに彼の手を取って、バストを触らせた。むにっと柔らかな手触りに、心が躍った。

「モミモミしてちょうだい。そうよ、その調子……今日はわたしがとことん気持ちよくしてもらうの」

「好きなだけ揉んじゃって、いいんですね」

「ダメよ、わたしの言う通りにするの」

そう言われて、ようやく彼女の意図が呑み込めた。

つまり、これまでホテルでは、哲朗が徹底して攻められ、嬲られ、何度も射精して、精液を一滴残らず搾り取られるようなセックスを経験したが、今日は彼を攻め嬲るのではなく、彼女自身の快楽が最優先なのだ。

それなら、哲朗にとってはむしろやりやすい。普段、有希にリードされるパターンで慣れているからだ。

「わかりました。なんでも言ってください」

「いい子ね……そうよ、下からぐいってやって、大きく揉み回すのよ」

言われるままに、バストを持ち上げるように摑んで揉みあやすと、景子はうっとり満足そうに目を閉じた。

彼女を愛撫することは、いままで後回しにされがちで、熟女の肉体を味わうという意味では、ややもの足りなさもあったから、気持ちが舞い上がりそうだ。柔媚な手触りを思いきり愉しもうと、手指の感覚を研ぎ澄まし、夢中になって愛撫する。

「トップをこうやって、押しつぶすように揉んで……そうよ……はああっ……」

景子は彼の手を取って好みのやり方へ誘導すると、悩ましげな声を上げて悶えた。ソファに寄りかかり、体から力が抜けて、しだいに息が荒くなっていく。

乳首が尖りはじめてはいないかと、指を揃えて先端部分をぐりぐり圧迫すると、

「あうっ……あぁんっ……」

かくっと頭を仰け反らせ、甘えるような声を洩らした。急に快感が高まったのだと思ったら、哲朗の両頬を摑んで引き寄せ、ディープキスで深く舌を入れてきた。挑みかかるように舌を弾き、さらに強く吸い立てる。荒い鼻息で昂ぶりのほどがわかった。

だが、それだけであっさり離れてしまい、あとはバスト愛撫に身を任せた。

「もっと強くしていいのよ……強く揉み回して……そうよ、いいわ……」

哲朗は微かに硬いものが指に触れるのを感じた。そこを集中的に揉み込むと、景子はかくんと首を折り、懸命に声を殺して肩を震わせる。

乳首が尖り立っていると確信してなおも攻め続け、彼女の反応を注視した。す

ると、肩だけでなく上半身全体が震えるように波を打ちはじめ、急に仰け反って息をあえがせた。

だが、それはほんの一瞬で、すぐにまた俯いてしまい、声を押し殺している。あられもなく乱れはじめた熟女の動きの一つひとつが、哲朗の心を惹きつけてやまなかった。

3

「わたしの部屋へ行きましょう」

ふいに愛撫を中断させ、景子は玄関脇の部屋へ誘った。

頬はうっすら上気して、潤んだ目がとろんとしている。愛撫に感じてしまった表情は、熟れた色香を滲むように漂わせている。

彼女の部屋は十畳ほどのフローリングで、作り付けのクロゼットの他、ローソファにテーブル、テレビ、小ぢんまりしたドレッサーなどが巧みに配置されていたが、中でもセミダブルのベッドが存在感たっぷりに目を引いた。

部屋に入るなり、景子は着ているものを脱ぎはじめ、哲朗も脱ぐように促した。

言われてシャツのボタンを外しながら、ふと彼はそのベッドが気になった。

――オヤジもここへ来てたのか……？

娘が学校へ行っている間に哲朗を引き入れるくらいだから、このマンションに引っ越したあともまだ知也と続いていたとすれば、その可能性は高い。となると、このベッドで快楽をともにしたことになる。

そこで自分も同じことをするのかと思うと異様な昂ぶりを覚え、すでに勃起しているペニスがさらに強く撓った。

景子は躊躇うことなく裸になると、布団をめくってベッドに乗った。だが、哲朗は父のことが気になってしまって動作が鈍く、ようやくジーンズを脱ぐところだった。

「なにをノンビリしてるの。早く脱いで、こっちにいらっしゃい」

慌てて脱いで、最後にブリーフを取ると、屹立したペニスは下腹に貼りつくようだった。ベッドに上がると、すかさず景子の手が伸びた。

「もう、こんなに硬くなっちゃって」

艶っぽい声で握り込まれ、気持ちよくてそのまま続けてほしかったが、彼女は軽く数回揉んだだけで手を離してしまった。

「ちょっと訊いても、いいですか」

「なあに？」

「もしかして、オヤジもこのマンションに来てたんですか？」

いまさらどうかと思ったが、訊かずにはいられなかった。

景子は表情を変えることなく、見つめていたペニスからそっと視線を外した。

「さあ、どうかしら」

ひと言だけで、それきり相手にしないという雰囲気をまとっているので、哲朗は何も言えなくなった。

もやもやしたものを頭の中に溜めたまま、裸の景子に覆い被さり、柔らかな乳房を揉みあやした。揉んで形が崩れるのが惜しいほどの美乳だが、逆に自分の手で歪ませているのを見て昂奮をかき立てられる。

おかげで揉み方がつい荒くなり、尖った乳首があらぬ方向に拉《ひしゃ》げてしまう。景子はむしろそうされる方が好みなのか、うっすらくちびるを開いた喜悦の表情で彼の手つきを眺めていた。

乳首を指で弾くとこりこりして、乳房が柔らかいだけに、硬さがいっそう際立っている。摘まんで捻ると、ぽろりと取れてしまいそうだ。

「舐めて……べろべろって、いやらしく舐めてぇ……上品なのはダメよ」

熟女らしからぬ甘えた声でせがむが、それがかえって妖しい雰囲気を醸し、淫らな空気がさらに濃くなった。

哲朗は舌の先でちろちろやるのではなく、舌全体を使って乳房もろともべろりと舐め上げた。

「そうよ……ああんっ、いいわ……もっといやらしくべろべろ舐めて……」

涎が垂れるのもかまわず、それを拭き取るように舐め回す。ざらついた舌の表面で硬い乳首を擦っている感覚がよくわかる。

彼女はそれが心地よさそうなので、上下に大きく顔を振って舐め続けると、獣にでも変身したような気分だ。

景子が乳首をこれほどたっぷり舐めさせてくれるのは初めてなので、右と左を交互に舐めてみる。やはり左の方が少し感度はよさそうだったが、大きく違うわけではないので、偏ることなく味わい、攻め続けた。

両方とも乳首の周りまで唾液と涎でべっとり濡れ光っている。上品なのは駄目と言われたが、まさにその通りのいやらしい光景になった。

「咬んで……いっぱい咬んでぇ……」

ついに来た、と哲朗は躍り上がった。これまでも乳首を甘咬みさせてもらい、舐めるよりさらに感度が上がるのは知っているが、右と左をじっくり咬み比べる時間を与えてもらったことがないので、ようやくチャンス到来だ。

哲朗は迷うことなく左の乳首を口に含み、軽く歯を立ててみた。それだけで上体が柔らかく波を打ち、息をあえがせる。もう少し強めに咬んだ瞬間、

「あんっ……」

上体がびくっと縮こまり、鼻にかかった大きな声が響いた。やはり感度は抜群だ。舐めるより遥かに激しく反応する。こんなに感じるものかと、あらためて驚かされた。

軽く歯で挟んでくりくり捻り回しておいて、急に変化をつけて強めに咬むと、景子の体は電流が流れたようにびくっと震えた。乳首が電源ボタンになっていて、強く咬むことで彼女の肉体を操作しているみたいだった。

それが面白くて何回か繰り返していたら、力加減を誤ってかなり強く咬んでしまった。

「あうっ！」

うめき声を上げて、景子は乳首を庇うように体を折り曲げた、と思いきや、逆

に大きく仰け反って、シーツを摑んだ手をこれでもかというほど突っ張らせた。あまりに動きが大きくて、乳首から口が離れてしまった。呆気に取られていると、景子が蕩けるまなざしを向けてきた。

「いいのよ……もっと強く咬んで」

「痛くなかったですか」

「そんなこと、気にしなくていいのよ」

哲朗の髪を撫でながら頭を引き寄せ、早く続きをとせがんでいる。もう一度口に含んで咬み転がし、さっきの強さを反芻すると、景子はせつなげに腰をくねらせ、切れ切れによがり声を上げた。

本当に心配は無用とわかり、じわじわ力を込めていく。彼女は髪を振り乱して悶えはじめ、大きく体をくねらせた。よがる声はときおり甲高く響いてあられもない。

乳首の感度がよくて強い咬戯を好むのは有希も同じだが、妖艶で淫靡な反応はかけ離れている。関節の可動範囲を疑うような体のくねりが悩ましく、仰け反る肢体は優雅と言えるほど柔らかく、美しい。

ときおり、骨がないのでは、と思ってしまうほど身をくねらせる。それはのたうつ蛇のようでもあり、淫らな女神が憑《つ》いているようでもあった。

しばらく攻め嬲ってから、哲朗は右の乳首に移って咬み比べた。すると、反応は左より控えめで、舐めたときよりも差が大きい。それで咬戯は左に専念することにした。

といっても、右を遊ばせておくわけではない。摘まんで転がしたり抓ったり、あるいは乳房を揉みしだいたり、といったことをできる限り続ける。

「ああん……そうよ、上手なのね……あうっ……いっ、いいわ……」

景子は喜悦の声を上げながら、うれしそうに褒めてくれた。ホテルで哲朗を攻め続け、ペニス鍛えたときの高圧的とも取れるもの言いからすると、ずいぶんやさしくなって別人のようだ。

哲朗は咬むだけでなく、舐めたり吸ったりもしながら、強い刺激とやさしい愛撫を織り交ぜた。さらに右側は乳房から離れて、肩や腕を撫でさすり、うなじや耳の裏へも指を這わせた。

そうしているうちに、彼自身の中で景子を気持ちよくしてやりたいという思いが強くなった。言われたことをするのはもちろんとしても、できればそれ以上のことを自分からしてあげたいのだ。

ふいに景子の手が動いて、するすると自身の股間へ伸びた。自分でいじって、さらに快感を高めようというのか――哲朗が下に目をやると、秘処をさぐってすぐに引き戻した。

その指は蜜で濡れていた。景子は指を擦ってぬめりを確かめていたが、哲朗が見ていることに気がつくと、

「こんなに濡れちゃったわ」

目の前に濡れた指を差し出した。目の前というより口元に近く、舐めてみなさいと言っているようだ。あるいは匂いを嗅がせたいのか――と思ったとたん、哲朗は鼻を近づけていた。

微かに淫臭がして、濡れた秘裂が脳裡に浮かぶ。さらには亀頭をあてがった感触まで甦った。

「いやらしい匂いでしょ」

ここは否定しておいた方がいいのかと思ったが、指の向こうで淫靡な笑みを浮かべているのが見えて気が変わった。

「すっごくいやらしい匂いがします」

大袈裟に言ったとたん、その細くて長い指をくちびるに押しつけられた。自然

に口を開くと遠慮なく入れてきて、哲朗は思わず舐めしゃぶってしまった。

「味はどうかしら」

「あまり、味は、しないみたいで……」

指を入れられたままでしゃべりにくいが、ほんのわずかに塩気が感じられるかどうかという程度だ。

「やっぱり、指を舐めたくらいでは、わからないわね」

景子の瞳が妖しい光を帯びた、と思うやいなや、咥えていた指で顎を下へ押しやられ、顔を下腹部へ移動させられる。そうとわかって哲朗は、自分から彼女の足元に回って蹲った。

「じかに舐めてみるといいわ」

景子はそう言って、目の前で両脚を大きく広げてみせた。

4

レースのカーテン越しに昼前の陽射しがそそぐ明るい部屋で、濡れた秘処が露わになった。

黒々と茂る秘毛の下で、淡い褐色の花びらが口を開いて、くすんだ紅色の粘膜を晒している。内側はもちろん、花びらの縁まで蜜が滲んで、いやらしい艶光りを見せる。

クリトリスを包む皮はぷくっと盛り上がっている。皮そのものが厚いのか、包まれた肉芽が大きいのか、想像を膨らませる形状だった。

まともに見せつけられて、哲朗はこくっと生唾を呑んだ。結合したところはこれまでも目にしているが、いつも景子に攻められ、上に乗られて哲朗が犯されるようなセックスばかりだったから、ひとつになる前の秘処をまともに見たのはこれが初めてだ。

吸い寄せられるように顔を近づけると、饐《す》えた発酵臭のような匂いが鼻を衝いた。有希よりも遥かに濃厚な淫臭につい顔を背けそうになったが、ほんの一、二秒すればずっと嗅いでいたくなる魔法の匂いだった。

「そんなにいやらしい匂いかしら」

哲朗の気持ちがどんなふうに顔に出たのか、景子の声はわずかに羞じらいを含んでいるように聞こえた。

「い、いい匂いです。たまらないです、この匂い」

さらに顔を近づけて深く吸い込むと、鼻が曲がるほど強く匂った。それでも舌を伸ばさずにいられなくて、蜜を湛えた花の窪みを舐め上げた。

「あはっ……」

ピリッと舌に酸味を感じた瞬間、頭上で景子のあえぐ声がした。

さらに花びらの内側の花蜜を舐め取っていくと、彼女の腰が落ち着きをなくし、悩ましげにくねりだした。

そんなに感じているのかと思ったら、ふいに目の前に彼女の指が現れて、花びらを広げてみせた。

おかげで窪みの隅々まで舐め回すことができて、舌もくちびるも淫臭まみれになった。そのまま体中が景子の淫らな匂いに包まれていく気がして、異様な昂ぶりに襲われた。

「ここも舐めて……」

景子は続いてその上の包皮を剝いた。現れた肉の芽は大粒の真珠のようで、艶々と鈍い光を放っている。ちろちろ舐めてみると、大きいだけあって乳首かと見紛うほどの舌触りだった。

「いっぱい舐めて……もっとべろべろして……」

クリトリスも乳首同様、いやらしく舐めてほしいらしい。舌全体を押しつけるように大きく舐め上げると、腰がぶるぶる震えて指がずれてしまった。代わって哲朗が芽を剝き出し、さらにべろべろ舐め続ける。

唾液と涎が一緒くたになって突起を濡らし、ぬるっとした触感はさぞかし気持ちいいことだろう。舌の先を尖らせて、掘り起こすように強く芽を弾くと、

「はうんっ！　……んあっ……ああっ……」

甲高い声とともに腰が跳ね上がり、クリトリスが舌から離れた。哲朗は両方の太腿を下から手を入れて押さえ、再び舌を伸ばした。

円を描いて転がしたり弾いたり、強弱の変化もつけながら攻め続ける。景子はますます感じて腰が暴れそうになるが、懸命に押さえ込んでそれを阻んだ。

さらに哲朗は、口をすぼめてクリトリスを吸い立てた。強く吸って口の中へ引き込み、舌の先を擦りつけると、景子は腰が浮くほど両脚を突っ張らせた。

「ああ、気持ちいい……そんなことも知ってるのね……ああん、もう……」

そう言って感心そうに髪を撫で回した。クリトリスを吸って舐めるのは有希によくやるが、彼女の顔が思い浮かぶことはなく、景子に褒められるのが何よりもうれしかった。

「ねえ、指を挿れてもらっていいかしら。指でぐちゅぐちゅしてほしいの」

「舐めるより、そっちの方がよかったですか」

かなり気持ちいいはずなのにどうして？　と思って顔を上げると、景子は濡れた瞳で媚笑した。

「そうじゃなくて、どうやったら女が指で気持ちよくなれるか、教えてあげたいのよ」

クンニに飽きられたのではないとわかってひと安心だが、先日やった指使いでは気持ちよくなれなかったと言われたも同然なので、喜ぶわけにもいかない。

哲朗は体を起こすと、彼女の右脚を脇で抱えるようにして腰を据えた。

「挿れて……」

濡れた花びらを軽くこねて指に蜜をまぶすと、ぽつんと見える秘孔に中指を突き立てた。入り口で締めつけられながら奥へ進むと、細かい凹凸の膣壁がぴたっと指にまといついた。ぬるぬる泥濘んでいて気持ちよさそうだ。

ゆっくり抽送を始めると、景子は口を開き、声を洩らさず息だけであえいだ。

入り口が断続的に指を締めつけ、軟らかな中の粘膜もときおり震えるように蠢いている。いやらしい動きがペニスの挿入感を想像させるが、いまはまず彼女を気持ちよくさせなければならない。

哲朗はストロークを深く取って、少しずつスピードを上げていった。すでに充分潤っていたところへさらに蜜が湧き、くちゅ、にちゃ、ぐちょっと卑猥な音が聞こえてきた。

景子は声を殺しているが、くちびるのあえぎが大きくなった。ときおり仰け反ったり、せつなげに首を振ったりもする。

「どうですか、こんな感じで……」

彼女の感じている様子に自信を持ったので、尋ねてみた。すると、あえぎながらも意外と普通の調子で答えが返ってきた。

「もう少し、ゆっくりでいいわ」

「そうなんですか……」

このままさらに速めていくつもりだった哲朗は、みるみる自信が萎んでいった。

「そんなに深く入れないで、もっと浅くしてみて」

言われた通り、ゆっくり浅いストロークにすると、

「入ってすぐ上のあたりに、ザラザラしてるところがあるの、わかる？」

景子は奇妙なことを言った。膣壁はどこもぬるぬるしていて、そんな箇所があ

ることは思えなかった。

だが、とにかくさがしてみるしかないので、指先で膣壁のあちらこちらの感触を確かめていった。抽送は止んで、婦人科の医師が触診するみたいな手つきになっている。

「上の方よ、天井……もうちょっと手前……」

景子の言葉に導かれ、微妙に位置を変えていくと、一カ所だけ他と違っているところがあった。ザラザラというよりはデコボコで、割れた柘榴の中の実を軟らかくすればこんなだろう、という感触だった。

「ここですか？」

確認の意味でそこを突っついたとたん、景子の腰がひくっと軽く浮き上がった。ささやかながら、何か特別な場所という手応えは充分にあった。

「そうよ、そこ……とっても気持ちいいところだから、そこを刺激してみて」

ようやく場所がわかって、哲朗は奮い立った。そこだけ凹凸が粗いので、いったんわかれば見失うことはない。指の腹を当てて、小刻みな抽送でその一点を擦った。

「ああっ、そう……そこが気持ちいいの……ああんっ……」

景子は急に声を上げて悶えはじめた。腰が波を打ち、悩ましくくねる。クリトリスほどではないにしろ、敏感なポイントであることは間違いなかった。

勢いづいて抽送がしだいに速くなるが、ポイントがずれないようにしなければならない。小刻みな速いピストンにすると、腕が攣りそうな気がした。

「擦るより、押した方が気持ちいいの……軽く圧迫する感じで……」

前後ではなく、下から斜め上に指を使うといい感じで圧迫できて、反応はさらに大きくなった。腰が震えるように波打って、一瞬、強く跳ね上がる。

抽送の方向が蜜穴の向きと微妙に違うので不安定になり、力加減も簡単ではないのだが、巧くやれると効果抜群で、景子の乱れ方はますます激しくなった。

ひょっとするとクリトリスを上回る性感ポイントかもしれない——新しい発見に哲朗の心は躍った。

「ああ、ダメよもう……イキそう……ああ、イク……」

アクメに近づいて、景子の腰がにわかに暴れだした。太腿をしっかり押さえて懸命にピストンを続けると、蜜穴がきゅきゅっと引き攣るように収縮した。

「ああんっ、イク……イッちゃう……ああんっ！」

景子は腰をがくんっ、がくんっと大きく二度跳ね上げ、そのまま固まった。

少ししてベッドに尻を落とすと、ぐったり脱力して動かなくなった。

哲朗はその激しい動きに追い縋るように、何とか指を入れたままでいた。彼女が全身をすっかり弛緩させても、中の指はしばらく卑猥な蠢きと締めつけを感じていた。

5

「よかったわ……こんなに気持ちいいのは、久しぶり」

景子はアクメの余韻がまだ残っているような、蕩けた顔で哲朗を見つめた。

これまでさまざまな快楽を味わいつくしてきたと思われる熟女だから、哲朗は自分の指でイカせたことに、言い知れぬ昂ぶりを覚えていた。

教えてもらったこととはいえ、女性の重要な性感ポイントを知って自信が湧いたし、男として成長に繋がる気もするのだ。

「もうひとつだけ、お願いしてもいいかしら」

「お願い、ですか？」

哲朗は良い意味で彼女のもの言いに驚いた。ホテルではいつも高圧的というか、命令口調で攻め嬲られていたからだ。

自宅マンションに招かれた今日は、これまでよりほんの少しやさしい感じはしていたが、こんな丁寧な言葉を聞くとは思わなかった。

もっとも、普段の彼女は上品な言葉遣いをしていて、ベッドでだけ、あるいは哲朗に対してだけかもしれないが、強いもの言いに変わった。だから、これが本来の彼女なのかもしれない。

「そうよ、お願いがあるの。お尻を舐めてほしいのよ」

そう言ってうつ伏せになった景子だが、

「お尻じゃくて、お尻の穴。アヌスね」

わざわざ言い直すと、目の前で脚を広げて尻を高く持ち上げた。蜜で濡れたままの花びらは閉じる気配もなく、その上に肌よりやや濃い色の菊の花が一輪、惜しげもなく晒された。

「な、舐めるって……肛門を？」

「そんなに恥ずかしがらないで」

「いや、どっちかっていうと、恥ずかしいのは景子さんの方じゃないかと……オレはべつに恥ずかしくはないけど……」

汚らしい感じがするとは言えなくて口ごもった。

「だったらいいでしょ。お願い、早くして」

高く持ち上げた尻を振って催促された。それで彼女が気持ちいいならやってあげたいが、排泄器官だと思うとどうしても躊躇いが先に立ってしまう。

「もしかして、アヌスを舐めるなんて、アブノーマルな人のやることだって思ってるのかしら」

景子は尻を下ろして向き直ると、アヌスも大切な性感ポイントであることを真面目に説いた。理屈ではわかるし、気持ちの問題なので、哲朗は反論できない。

「どれくらい気持ちいいか、教えてあげるわね」

「えっ、マ、マジですか……ちょっと、景子さん?」

慌てる哲朗を、彼女は強引に仰向けにさせて、両脚を持ち上げようとする。哲朗も舐められる方ならハードルがぐんと下がるので、これといって抵抗することなく恥ずかしいポーズを取らされた。

「ここは、初めての経験ね」

肛門をまじまじと見つめられ、それだけでこそばゆく感じて、尻から太腿の裏あたりがぞくぞくした。

逸物の向こうに景子の顔が隠れ、生温い吐息が肛門を撫でた。その直後、ぬらりと舌で舐められて、くすぐったさと気持ちよさが一体となって襲いかかった。

「うっ！　あぁ……」

悲鳴に似た情けない声を上げ、哲朗は脚をばたつかせた。だが、景子はしっかり押さえて舐め続ける。

「うっ……うう……あっ……」

うめき声を洩らしながら、彼女の舌を甘受する。しだいに舐められる感覚に慣れてくると、くすぐったさは消えて快感だけが残った。下腹に乗った逸物がみるみる硬くなり、亀頭はひと回り太くなった。

「ううっ、気持ちいいです……あああっ、力が抜ける……」

すぼまりをぐいっと広げられると、尻の穴から魂が抜けていくような感じがして、体に力が入らない。

今朝、排便したことをふと思い出して不安になった。自宅はシャワートイレだが、雑にすませたかもしれないのが心配で、あらためて肛門を舐められる恥ずかしさを意識した。

「そんなに気持ちいいの？　病みつきになっちゃいそう？」

「いえいえ、そんな……病みつきなんて、とんでもない」

「じゃあ、こういうのはどうかしら」

景子の手がペニスに伸びて、竿をしこしこやりだした。肛門を舐めながらだと、それが驚くほど気持ちいい。

「ちょっと、そ、それはヤバイかも……あぁっ……」

快感が急上昇しはじめたので慌てた。だが、景子は手を緩めるどころか、亀頭を握ってやんわり揉みだした。哲朗は経験したことのない気持ちよさに見舞われ、このままイクまで続けてほしくて黙り込んだ。

景子は巧みな握り加減で亀頭を揉みながら、なおも肛門を攻め続ける。片手で尻を摑み、親指ですぼまりをぐいっと広げて、皺の隙間を搔くようにちろちろ舐めている。

逸物は驚異的な硬さになった。強く撓って粘液が洩れると、景子はすぐに気づいて亀頭に塗りつけた。

その瞬間、痺れるほどの快感に襲われた。肛門が収縮するのと同時に白濁液が迸り、哲朗の顔まで飛んできた。反射的に顔を背けたものの、首から頰にべっとり付着してしまった。

——自分の精液で顔射なんて、シャレにならないって……。

だが、そのありえないような状況が異様な昂ぶりを誘い、拭き取ろうという気がなかなか起きないのだった。

「わたしの言った通りでしょ。びっくりするほど気持ちいいんだから」

「たしかに……目からウロコって感じで……」

圧倒的な射精感がまだ余韻を引いている。

「じゃあ、今度はわたしの番だから、お願いね」

景子はまた腹這いになって、尻を高く持ち上げた。哲朗は気怠さを感じはじめた体を起こすと、ティッシュでざっと精液を拭い、熟女のアヌスに顔を近づけた。

舌を伸ばす前につい匂いを嗅いでしまったが、無臭だった。おそらくこのマンションもシャワートイレなのだろう。

これなら躊躇うことなく舐められる、と思う一方で、何となくもの足りなさを感じてしまうのだった。

すぼまりに舌の先で触れたとたん、景子の尻がきゅっと引き締まると、舐められたときの感覚が甦り、哲朗の肛門も引き締まった。

「べろべろやってね。思いきりいやらしいのがいいわ」

乳首を舐めたのと同じように、尻のワレメに舌全体を這わせ、秘裂からアヌスまで一緒くたにして唾液をべろりと塗りつける。景子はワレメを締めたり緩めたりして気持ちよさそうだ。

「ああん、そういうのがいいの……好きよ、んんんっ……」

べろべろ派手に舐め続けると、ふと舌の先に酸味を感じた。花びらはもう乾いていたのに、また奥から蜜が洩れ出したようだ。

アヌスを舐めながら、蜜穴に中指を挿れてみると、中は思った以上に泥濘んでいた。ちょっと抜き挿しするだけで蜜を掻き出すことになり、秘裂がまたべっとり濡れてくる。

舐めながらの抽送は窮屈で、指が奥まで入って行かないが、おかげで入り口近くの粗い凹凸に触れて、そこが敏感な性感ポイントであることを思い出した。

その一点に指の腹を当てて、小刻みに圧迫を続ける。アヌスは舌の先でちろちろやるだけになったが、一緒に攻めると効果覿面だった。

「んんんっ……ダメよそれ……ああっ、イッ……イッ……」

景子はシーツに顔を埋めて声を押し殺した。円い尻は不規則にがくっ、がくっと強く揺れ、浅く突き刺した指が締めつけられる。淫蜜はなおも溢れ、小刻みな抽送でも、くちゅくちゅ卑猥な音がする。

ずっと同じ指使いがつらくなって、擦ったり圧迫したりを切り替えながら攻め続けると、景子の反応はさらに激しさを増した。

尻の動きが大きくなったかと思うと、突然、がくんっと強く揺れて、それきり動かなくなった。指だけが依然として断続的な締めつけを受けている。

しばらくすると、突っ伏している景子がシーツから顔を上げた。

「挿れて……お願い、このまま後ろから……して……」

哲朗は指を抜いて膝立ちになり、硬くなっていた逸物を握って秘裂にあてがった。

――こっちでいいんだよな……。

景子が言った〝後ろから〟は、背後位ではなくアヌスの意味だろうかと迷ったが、挿れられる自信はないので、そのまま秘孔に埋め込むしかなかった。

溢れた淫蜜は白濁していて、挿入の感触に粘着感が加わった。奥まで突き入れてから、彼女の腰を摑んでゆっくり抜き挿しを始めると、まといついた膣壁を揺さぶる摩擦感がえも言われぬ心地よさを生んだ。

「んむぅ……んあっ……」

景子は再びシーツに顔を埋めて、くぐもった声であえいだ。

スローテンポの抽送は、膣壁の軟らかさや蠢きをつぶさに感じ取れる。とりわけ、逸物を奥へ引っ張り込むような動きがいやらしい。

哲朗は雁首が見えるぎりぎりまで引いて、秘奥を叩くほど深く突き入れ、大きなストロークで熟れ肉をたっぷり味わった。

それだけ余裕があったのは、一度射精していることと、景子の快楽を優先したからだが、哲朗としてはやはり彼女に鍛えられて成長していると思いたかった。

快感が高まるにつれ、抽送は自然と速まった。深いところで激しい律動に変わり、白い尻をぱんぱん叩いた。

這いつくばる景子は、ぎゅっと握ったシーツでうめき声を殺している。突き込むリズムに合わせて、彼女も腰を揺らしている。それに気づいて律動を止めても、まだ動き続けていた。

「いやぁん……ダメよ、突いて……どんどん突いて……お願いよ……ああんっ」

縋るようにせがむ声に応えて突き込むと、景子はシーツに頬を擦りつけて、切れ切れによがり声を上げた。

「あんっ……あんっ……あんっ……あううっ……」

力強い抽送を続けるうちに、哲朗も射精欲が兆した。堪えて長く持たせるより、このまま一気に駆け上がりたくて、なおも腰を使う。

「出るよ、景子さん……」

「いいのよ、中にちょうだい……いっぱいちょうだい……ああんっ！」

「うっ……イクッ……」

「あっ、あっ……あああんっ！」

最後の力を振り絞って突きまくると、鋭い快感に貫かれ、熱い塊が立て続けに弾け飛んだ。引き攣るような締めつけに遭いながら、哲朗は弾倉が空になるまで射ちつくした。

第五章　淫花の誘い

1

リビングに戻って、景子が紅茶を入れ直してくれた。さっきのはちょっと飲んで、それきりになってしまっていた。

すでに昼を回ったのでゆっくりもしていられないが、彼女の自宅で快楽をともにした名残を惜しみつつ、紅茶を飲んでいくくらいの時間は残っている。

すると、玄関でドアの開く音がして、「ただいまぁ」という声が聞こえた。

「茉莉也《まりや》だわ……」

景子は呟き声で立ち上がり、哲朗の顔をチラッと見て玄関へ迎えに出た。高校生の娘が帰ったようで、どうしてこんな時間なのか訝る表情だったが、それもそのはず、わかっていれば哲朗を招いたりはしない。帰りがもう少し早ければ、とんでもないことになっていたのだ。

二人の話し声とスリッパの音が近づいて、哲朗は居住まいを正した。

「お客様がいらしてるのよ」

景子に言われてリビングに顔を出した女子高校生に、軽くお辞儀をした。

「お邪魔してます」

彼女の娘、茉莉也を真っすぐに見て、哲朗はハッとなった。

——こ、この子は……。

面長の顔が自分とよく似ているのに驚いたが、似ているのは自分というよりは父だとすぐに気がついた。

彼女も表情を強張らせ、立ちつくしている。

「娘の茉莉也です」

景子が紹介しても、固まったままだ。

「こちら、吉崎哲朗くん。お兄さんよ」

だが、そのひと言で茉莉也は硬直が解けて、景子の方を向いて、早く帰れた理由を説明しはじめた。

今日は教師の出張や研修が多かったので、午後の授業を午前の空いた時間に振り替えてもらい、昼前に下校できたらしい。

早口で説明しながら、哲朗の方は見ようともしない。ここには自分と母親以外、誰もいないかのようだ。

お兄さんよ、と言われて何も訊き返さないくらいだから、異母兄がいることは前もって聞かされていたのだろう。それが前触れもなく顔を合わせる結果になって、びっくりしたに違いない。

何も知らなかった哲朗はそれ以上に驚いたが、よく見ると茉莉也は可愛らしいとつくづく思うのだった。

顔の輪郭も目鼻立ちも哲朗によく似ているが、ぱっちりした切れ長の目は母親似で、鼻も少し高い。それだけで美少女顔になっていて、よく似ているのに哲朗がイケメンになれないのは、そのあたりの差だった。

制服がブレザージャケットにチェックのスカートというのも、可愛らしさを引き立てている。スカートを折ってミニにしているが、短過ぎないところが何となく品を感じさせる。

こんな可愛い妹がいたことを知って、哲朗は舞い上がった。しかし。茉莉也はどうだろうと思う。いきなりのことでびっくりしただけならいいが、異母兄の存在を受け容れたくないのだとしたら、昂ぶりに水を差されることになる。

茉莉也は学校での出来事をひと通り報告すると、くるりと背を向けてリビングから出て行こうとする。

「一緒にお茶を飲んでいったら?」

景子が声をかけると立ち止まり、哲朗を見て、空いているソファを見た。

「どうぞ」

哲朗は座るように勧めたが、彼女は黙って首を振ると、そのまま出て行った。びっくりがまだ治まらないのか、異母兄には馴染めそうにないと判断したのか、いずれにしろ面と向かって話をするチャンスは失われた。

「あっ、ヤバイ! オレ、そろそろ失礼します」

大学へ行く時間だと気づいて、哲朗は慌てて腰を上げた。この分だと、駅まで走らないといけないかもしれない。

「ごめんなさいね。いきなりでビックリしたでしょ」

玄関で送ってくれる景子は、そう言って少し申し訳なさそうな顔になった。

2

ランチを終えて学食を出ると、風が強くなっていた。頬に当たる風はもう、晩秋というより冬の冷たさだった。

哲朗は足早に正門を出て、駅に向かった。午前の講義中に有希から会いたいというメッセージが届いて、駅前のカフェで待ち合わせているのだ。何か急な用事らしいが、とにかく会ってからということだった。彼女は哲朗と違って卒論が必須だから、このところ忙しくてなかなか会えなくなっている。

途中、二階の奥の席にいると連絡があったので、店に着くと先にコーヒーのオーダーをすませ、受け取ってから二階に上がった。

「お待たせ。風が出てきて、寒くなったよ」

久しぶりに会った有希は、頷くだけで黙っている。表情もやや強張っていて、何やら不穏なものを感じさせた。席に着いた哲朗が座ったままダウンジャケットを脱ぐのを、やはり黙って見ている。脱ぎ終わると、ようやく口を開いた。

「見たわよ、昨日」

哲朗は思いきり背中をドスンと叩かれたような衝撃を受けた。彼女が何のことを言ったのか、察しはついた。

「このところ、バイトを代わったり休んだりが多かったのは、そういうことだったのね」

やはりそうだと思った。昨日、景子と吉祥寺で会っていたのを見られたのだ。しかし、二人で歩いているところや、ティールームにいるところを見られただけなのか、それともホテルに入るのを目撃されたのかでは雲泥の差がある。下手なことを言って藪蛇《やぶへび》になるのだけは避けたかった。

有希は彼がどういう言い訳をするか待っているようだが、黙ったままなので、だんだんと目が険しくなってきた。

「あの女と会うために、わたしにバイトを代わってくれって頼んだんだ。いろいろ理由をつけてたけど、嘘だったんでしょ」

「あの女って、誰だかわかってるの?」

「わかるわよ、お父さんの携帯に残ってた人でしょ」

「そうだけど……」

携帯の写真を憶えていたのは意外だが、写真の女だと見抜いたのもすごい。

写真を見せてもあまり関心なさそうだったのに、自分があまり気にするものだから女の勘が働いたのかと哲朗は思った。

しかし、ホテルのことまでバレたかどうかは、まだわからない。

「父親の浮気相手とつき合うって、どういうこと。信じられない」

このままでは具合が悪いので、とりあえずはっきりさせた方がいいと思い、鎌をかけることにした。

「つき合ってるように見えたんだ?」

言ったとたん、有希の目がつり上がり、くちびるが歪んだ。愛らしい丸顔が、別人のように険悪な表情に変わった。

「なに言ってるの?　ホテルに入っておきながら、よくそんな白々しいことが言えるわね」

これはどうあっても言い逃れはできないと、哲朗は腹を括った。

有希は追い討ちをかけるように、昨日のことを詳しく話しはじめた。

吉祥寺のアーケードで二人を見かけ、気になってついて行くとティールームに入ったので、自分もその店に入ったそうだ。哲朗の背後の席に座ったというから、気がつかなかったのも当然と言える。

さり気なく観察しているうちに、携帯の写真の女だということに気づき、さらに二人の関係が怪しいと感じて動揺した。それで店を出てからも尾行を続け、ホテルに入るところまで見たのだという。

吉祥寺で景子と会ったことが悔やまれた。いつもの渋谷か六本木にするべきだったと思うが、あとの祭りだった。

哲朗と有希がいつも使っている井の頭線のターミナル駅なので、吉祥寺は危ないという気はしていたのだ。それなのに油断したのは、景子との関係が深まって浮かれていたとしか言いようがない。

「もう別れることにしたから」

昨日のことをすべて話し終えると、有希はすっきりした顔で宣言した。哲朗がどう言い訳しようが、謝ろうが、すでに別れると決めていたようだ。

哲朗も潮時かもしれないと思った。

このところ彼女となかなか会えなかったが、それで景子に会う時間ができるのがありがたかった。しかも、以前のように有希に対して罪悪感を覚えることはほとんどなく、逆に二股をかけている自覚はあったからだ。

「しょうがないね。そうしようか」

あっさり同意すると、有希は皮肉めいた笑みを浮かべ、ポケットからスマホを取り出した。何をするのかと見ていると、

「さっきお母さんに、このことをメールしておいたから」

送信画面を哲朗の目の前に突き出した。メールをやりとりする間柄になったとはいえ、わざわざ知らせるとは思いもしなかった。

送った文面を読んでいくと、さっき話した内容をかいつまんだものだった。ところが、我が目を疑う一文があった。

『しかも、その相手は、かつてお父さんが浮気してた女です！』

カーッと頭に血が上り、目の周りが熱くなる。

「なんでオヤジの浮気のことまでバラしたんだ」

「お母さん、浮気のことは昔から気づいてたって。哲っちゃんが写真の人のこと調べてるのも、知ってたよ」

「なんだって……その話、オフクロからいつ聞いたんだ？」

「もう、ずっと前。一カ月くらい前かな」

有希は鬼の首を取ったように言う。それを喜久枝から聞いてずっと黙っていたことに怒りを覚えるが、いまさら怒っても何の意味もなかった。

それからほどなく、哲朗は席を立って先にカフェを出た。真っすぐ家に帰る気になれなくて、どこかで時間をつぶしてから帰ることにした。

それにしても、昔から父の浮気に気づいていたというのは意外だった。それで家計簿に〝出張〟や〝休出〟を事細かに記録していたのだと思えば腑に落ちるが、

――どんな思いで書き込んでいたんだ……。

そのときの心情を推し量ると、何やらせつなくなってくる。景子のことで、母に対しては依然として申し訳ない気持ちがあり、それはさらに強まるのだった。

家に帰ったのは哲朗が先だった。喜久枝はそれから間もなく帰宅して、いつものように晩御飯の支度にかかった。

メールで事実を知らされたのに、哲朗を咎めることはしなかった。話にも出さず、ただ哀しそうな目をしているだけだった。

父とは夫婦仲がよくなくて言い争いもしていたが、哲朗はずっとお母さん子で育ったから、可愛がってきた息子に裏切られたという気持ちでいるのかもしれない。

そんなことを考えていると、哲朗の胸に、自分は父以上に母を苦しめているのではないか、という思いが重くのしかかってきた。

3

ティッシュをもらって射精後の始末をしていると、景子がベッドに戻ってきた。裸の体をすり寄せ、哲朗の顔を覗き込む。

「どうも今日は、様子がおかしいわね。なにかあったのかしら」

そういうことを尋ねられるだろうと、哲朗は予期していた。景子が気づかないはずはないと思っていた。

先週、有希と別れたことも多少は影響していたが、母に対してすまないと思いながら景子と体を重ねても、いままでと同じように燃えることはなかった。

快感は得られた。だが、心がどこか別のところにありながら、体だけが快楽を求めている感覚がずっとしていたのだ。

「うん、ちょっとね……」

景子が体を預けてきたので仰向けになると、彼女も寄りそったまま横たわった。

「ちょっと、なによ」

「こういうことを続けてて、いいんだろうかって、ちょっと思って……」

景子との関係を清算した方がいいのではないか、という考えが、先週から脳裡をちらついている。

彼女が父の浮気相手だったことについては、すでに何のこだわりもないが、母を哀しませてまで続けたいのかと自問して、なかなか答えが出せないでいた。彼女にどうしようもなく惹かれていることに変わりはないからだ。

「どうして、そう思うのかしら」

穏やかな調子で尋ねられ、哲朗は正直に理由を話した。

母が父の浮気をずっと前から気づいていたこと、自分と景子の関係も知られたこと、それで母を哀しませていること、それらをすべて話してしまうと、気持ちが少し楽になった。まだ何も解決していなくても、悩みを景子と共有できたような気がする。

彼女は黙って話を聞いてからしばらく考え込んでいたが、やがて静かに口を開いた。

「わたしのこと、お父さんの浮気相手だと思ってるのよね」

「えっ……？」

哲朗は一瞬、聞き間違えたのかと思った。

「そうじゃないんですか」

「違うわ」

「いまさら、なにを……」

最初から父との関係を認めていたにもかかわらず、何を言いだすのかと耳を疑った。だが、景子はいたって真面目な表情で落ち着いている。

「お父さんの浮気相手は、あなたのお母さんよ」

「えっ⁉」

突拍子もないことを言われ、意味がよく理解できない。

「どういうことですか、それ」

「知也は元々わたしの恋人だったのに、あなたのお母さんと浮気したのよ」

景子は事の経緯を具体的に語ってくれた。

彼女が入社して間もなく、部署の先輩社員である父知也とつき合いはじめた話はすでに聞いていたが、それは父と母が結婚する前のことだという。あらためて年を確認すると、確かにそうだった。

父とは初めて顔を合わせたとたん、お互いにピンと響き合うものがあったらしい。ひと目惚れということだろう。

交際していることは上司や同僚には内緒にしていたが、二人ともにいずれは結婚するつもりでいたそうだ。

ところが、知也はちょっとした気の迷いで浮気をしてしまい、その相手が喜久枝だった。たった一度の交わりで喜久枝が妊娠して、知也は責任を取らされる形で結婚したのだという。

「そ、そんなことだったなんて……」

だが、哲朗がもの心ついた頃から夫婦仲がよくなかったのは、その話で頷ける。いつか景子は「元々あまり相性がよくなかったんでしょ」と突き放すように言ったが、そもそも父は結婚する気などなかったということだ。

「そういうわけだから、知也が結婚したあとも、わたしたちはずっと関係を続けていたし、一緒になれなくてもいいから子供がほしいって言って、茉莉也をもうけたのよ。会社を辞めたのは、妊娠がわかったから」

強張った表情で立ちつくす異母妹が、脳裡に浮かんだ。

茉莉也については、父が認知したことや、養育費を払い続けたこと、月に何度かは必ず会っていたことなどを、あのあとで聞いているが、景子が望んで授かったというのは初耳だった。

茉莉也の前で、父はどんな父だったのだろう——哲朗はあらためてそんなことを考えた。

ベッドの上でもの思いに耽りそうになっていると、景子の手が胸元から腹部をそっと撫でた。さらにその下へ向かいかけて、また胸に戻ると、彼女は耳元にくちびるを寄せてきた。

「つまりあなたは、わたしが知也と一緒になれなかった原因そのものなのよ」

ドキッとさせられる言葉だった。

「マンションの前で会ったとき、まずそのことを思ったわ」

しかし、景子の口調には少しも毒が感じられない。

「これはあなたのお母さんに復讐できるチャンスかもしれないって……ちょっと誘惑してやろうかなって……」

再び腹部へ手が這い下りて、細くて長い指が毛叢の端を軽く撫でた。横を向いていた逸物がひくっと動いて、少し膨らむ。シリアスな話を聞きながらでも、正直に反応してしまう。

景子は毛叢に指を埋め、長さを測るように引き上げると、指先で弄んだ。ペニスがさらに膨らんでその手に触れると、みるみる芯が通って真っすぐになる。縮れ毛をいじる指が心地よく竿に当たって、亀頭がむくっと膨らんだ。

「動機が不純でごめんなさいね。でも、いまは違うの」

「景子さん……」

じかに握ってくれないのが焦れったい。彼女はそれを見透かしたように鼠蹊部から内腿へ手を這わせ、玉袋をわずかにかすめて元に戻った。また毛叢に潜ると、手の甲がペニスを持ち上げ、微妙なタッチで擦れる。

「知也に負けないくらい、いとおしく思っているのよ」

耳元で囁かれ、熱い吐息が背筋をぞくぞく痺れさせた。

さらに景子は下腹から手を浮かせると、指の背の側でペニスを撫でさすった。雁首と亀頭の表面が擦れると微かな電流が走り、竿が硬く反り返ろうとして、いっそう気持ちよく擦れる。

「わかってもらえるかしら」

「そ、それはもう……」

「うれしいわ。本当にいとおしくて、たまらないの」

頬にくちづけされ、哲朗も応えてくちびるを重ねた。すぐに舌が入ってきて、ねっとりからめ合う。

景子の手はペニスを離れ、這い上がって広く胸を撫で回した。指が乳首をかすめ、そのたびにペニスが脈打った。

背中に腕を回してそっと抱き寄せると、景子はまた手を這い下ろし、ようやく逸物に触れた。手のひらを被せて、亀頭をごろごろ転がしたのだ。

気持ちよくて舌をからめるのがつい億劫になってしまう。できれば亀頭の感覚に意識を集中して、快感にひたっていたいと思う。

それを察したように、景子は亀頭を軽く握り、揉んではまた手のひらで転がしてを繰り返してくれる。

くちびるも離れ、頬を辿って耳元を吐息でくすぐった。

「知也が生まれ変わって、会いに来てくれてるみたい。ああ、たまらないわ……こんな気持ちになるなんて、信じられない……」

耳にまといつくような甘い声で囁いた、その言葉が哲朗の胸に引っかかった。さっきは「知也に負けないくらい、いとおしい」と言ってくれたが、結局は父の代わりのように思えてしまうのだ。

やはり哲朗の気持ちはどこかで冷めていた。それなのに、体は景子の愛撫にしっかり応えて、さらなる快感を求めてしまう。彼女と快楽をともにするたびに、どんどん貪欲になっていくのがわかる。

自然に腰が迫り上がって、亀頭を転がす手に押しつけると、彼女はすかさず握って揉みあやした。

竿が撓って、その拍子に粘液が洩れた。握っている指まで垂れると、待っていたように塗り広げられ、快感がぐっと高まった。だが、以前のようにそれだけで切羽詰まることはない。一度射精しているからなおさらだ。

「気持ちい……」

「ずいぶん我慢できるようになったわね……でも、まだまだこれからよ……もっともっと逞しくなってちょうだい」

「ううっ！」

ふいに乳首を舐められて、ペニスが強く撓った。

「だ、だめですよ、一方的に攻めるのはナシだから……」

お返しとばかりに左の乳首を摘まんで、ぎゅっと強く抓ってやった。

「あんっ！」

景子は甘い声を上げて身を屈めた。なおもぐりぐり揉み転がすと、ペニスを強く握り締めたまま、声を殺して震えだした。

4

抓るのをやめると、景子は荒い息で体を起こした。

「一方的はダメなのよね……やっぱり、二人一緒にね……」

哲朗の方に足を向けて、股間に顔を埋めようとする。シックスナインをするつもりだとわかって足元の方へずれると、彼女は顔を跨いで覆い被さった。

湿った淫花がぱっくり開いて、哲朗を誘っている。尻を軽く引き寄せると、舐めやすい位置まで腰を落としてくれた。

ぷんと饐えた匂いが鼻を衝く、と同時に、亀頭が温かいぬめりの中に埋没して、甘やかな痺れが下腹に広がった。

すぐにスライドが始まって、先端が喉の奥に突き当たり、雁首を絞りながら引き戻される。

「ああっ……んんんっ……」

思わずうめき声を上げると、それを合図に舌がいやらしく蠢きだした。表面の微かなざらつきが、亀頭の縁や表面を絶え間なく擦り続け、ぬめぬめした摩擦感が痺れるほど気持ちいい。

哲朗は淫花に舌を伸ばすのを待って、この快感にしばらくひたることにした。景子は根元を支え持って竿を真上に向けると、亀頭の周りをぐるりと舐めて、鈴口に舌先を突き立てた。

さらに啄《ついば》むようにキスをしたかと思うと、くちびるを固く閉じて、ぐいっと頭を沈めてきた。閉じた口に無理やりペニスを捻じ込むようで、ちょっとした凌辱感覚を味わわせてくれる。

亀頭が強く擦れてくちびるを割ると、軽く歯をかすめて舌に触れた。ぴったり貼りついた舌で絞るように擦られ、何度かそれを繰り返されると、悲鳴を上げそうなほど快感が高まった。

「うううっ、け、景子さん……」

その声で彼女は、ペニスを咥えたまま動きを止めた。荒い鼻息が睾丸の嚢皮をくすぐっている。

それが交替のタイミングで、代わって哲朗が舌を伸ばした。いったんティッシュで拭いて微かな湿り気だけを残していた秘処は、いつの間にか蜜が湧いて、また潤ってきた。

淡い酸味を感じながら溝を舐め、花びらを抉り、肉の芽を剝き出して弄った。景子の腰が震えるのを、太腿を抱えて押さえながらなおも嬲り続ける。それでも彼女の体が揺れるので、咥えられたままのペニスは小刻みに擦れた。

「んんっ……んっ……んっ……」

くぐもった声が洩れて、摑んだ竿の元がぎゅっと締められる。さらにアヌスをべろりと舐め上げると、

「んむうっ！」

大きなうめき声とともに、景子の尻肉が引き締まった。

奥からまた蜜が溢れて酸味が増した。哲朗はことさらいやらしい舌使いで、菊の花も淫花もべろべろ舐め回した。

しばらく続けて、舌も首も疲れたところでストップすると、景子がのろのろした動作でスライドを再開した。だが、しだいに元の調子を取り戻して、濃密なおしゃぶりになっていった。

初めてのときのように、景子が攻めまくることはなくなり、いまはこうして交互に愛撫を繰り返し、互いに高め合うことが普通になった。

彼女の性戯は技巧を前面に押し出したものから、気持ちを感じさせるものに変

わってきている。そのことからも、いとおしく思っていると言った心根が、あらためて実感できるのだった。

おかげで哲朗はますます快楽にのめり込んで、景子を悦ばせることに夢中になれそうだった。いまは父の代わりかもしれないが、いつか哲朗が哲朗として求められる日が来るだろう——そう思って快楽を貪り続けるのだった。

やがて景子は、ペニスを口から出して仰向けに寝ころんだ。

「お願い、来て……」

蕩ける目で誘われて、哲朗はおもむろに体を起こし、景子の脚を開いて腰を据えた。唾液まみれの逸物を、唾液と淫蜜で濡れた秘裂にあてがうと、ゆっくり景子の中へ入って行った。

「あっ……ああーっ……」

甘いため息のような声とともに、熟れた肉にまといつかれながら奥まで突き進んだ。景子はぴったり密着して、妖しく蠢いている。秘奥に突き当たってしばらく動かずにいると、もっと奥へ引っ張り込もうとする。

「動いてる……」

耳元で囁くと、景子はひくひくうれしそうな蠕動を見せた。ゆっくりスローペースで抜き挿しを始めると、密着感がさらに増して、心地よい摩擦が亀頭をさらに硬く膨張させた。

熟れ肉を抉っているのを感じると、自然に抽送が速まり、快感が上昇しはじめるが、以前のように急激に高まることはない。

哲朗は性感をコントロールしながら、奥まで突いたり、浅いところで律動したり、変化をつけて腰を使った。

「ああ、いいわ……来て来て……もっと来て……」

求められるまま強く突き込むと、景子は身を捩って悶えだした。まだ射精欲は遠く、哲朗はどんどん腰を使えそうだと感じてさらに激しく叩き込んだ。

「ああん、気持ちいい……そうよ、もっと……ああ、いいわ……それがいいの……ダメよ、ああんっ……」

景子のよがり声は、しだいにうわ言のようになっていった。

深いストロークをしばらく続けると、今度は思いきって浅くしてみた。入り口近くの敏感なポイントが亀頭で擦れるように、景子の両脚を持ち上げ、尻が浮くようにさせた。

ペニスが抜けないように注意しながら小刻みに律動すると、

「ああん、すごいわ……ダメダメ……おかしくなりそう……ああんっ……」

急に甲高い声を上げて腰をがくがく揺らしたので、ペニスが抜け出てしまった。

哲朗はもう一度挿れ直すと、太腿の裏を上からがっちり押さえつけて、小刻みな律動を激しくした。

雁首が強く締めつけられ、快感が高まる。それでもなお激しく腰を使うと、とうとう射精感が兆した。

「イクよ……イクよ……」

「ちょうだい……いっぱいちょうだい……ああん、イッ……イッ……」

景子は髪を振り乱して懇願する。

再び深い抽送に変えて、一気に上りつめようとスパートをかけた。

気持ちいい収縮が立て続けに起きて、ペニスが悦びの悲鳴を上げる。いっそう激しい腰使いで突き込むと、目の前を白い閃光が走るのと同時に、下腹で熱いものが弾け飛んだ。

「ああ、イク……イッちゃう……あっ……あっ……あああーっ！」

景子はけたたましい声を上げて腰を暴れさせた。それを懸命に押さえつけながら、哲朗は最後の一滴まで搾り出すように腰を振り続けた。

5

景子の仕事が休みの日だったので、哲朗はアルバイトに出かける夕方までのんびりしていくように勧められた。

レンタルしてまだ見ていないディスクがあるそうで、コーヒーを入れてもらって一緒に見ることになった。哲朗が劇場公開時に見逃した日本映画だった。

ソファに並んで座って見たのだが、セックスのあとということもあって、甘く寄りそったりはしないで、くつろいだ雰囲気なのが新鮮だった。

思えば景子とこういうリラックスした時間を過ごすことは、これまで一度もなかった。二人して映画を見るのは初めてだが、映画館だとデート気分になって、ここまで落ち着いては見られなかっただろう。

九十分ほどの作品で、見終わると景子が、時計を見て尋ねた。

「そろそろ茉莉也が帰ってくる時間だけど、もう少しいられるかしら」

せっかくだから、まだ帰らないで会っていってはどうかというのだ。初めて顔を合わせたときは、ひと言も会話がなかったので、彼女はずっと気にしているようだった。

茉莉也はべつに哲朗を嫌っているとか、異母兄を受け容れられないとかではなく、突然だったので驚いただけだろうと、あのあとで景子は言っていた。

「だったら、会ってから帰ろうかな」

「それがいいわ。茉莉也も本心では、うれしいと思うの」

そう言って喜ぶ彼女こそ、いかにもうれしそうだった。

それから少しして、茉莉也が帰って来た。

玄関で「ただいまぁ」の声がして、景子が迎えに行き、デジャヴュのように二人のスリッパの音が近づいてきた。

だが、リビングに顔を出した茉莉也は、前とは違っていた。緊張はしているが、驚いてはいない。ちょこんと哲朗に頭を下げて、入って来た。

「いまコーヒーを入れてあげるから、そこに座ってなさい」

景子がさっきまで自分が座っていたソファを指すと、茉莉也はカバンをダイニングの椅子に置いて、哲朗の横に静かに腰を下ろした。といっても、離れて端に座ったので、よそよそしい雰囲気は否めない。

「部活とか、やってないんだ」

応えてくれるかどうか不安はあったが、思いきって話しかけてみた。すると、黙ってこくんと頷いた。前を向いたままだが、横目で哲朗の膝頭のあたりを見ている。哲朗も緊張して、次に何を話したらいいか迷っていると、

「前は、テニスをやってました」

小さな声で答えてくれた。哲朗は自分ではやらないが、テニスのテレビ中継はよく見ているし、けっこう詳しいので、会話が弾むかもしれないと思った。

「なんでやめちゃったの」

「全然ボールが打てなくて……」

そんなに下手なのかと思ったら、どうフォローすればいいかわからなくて、会話は弾むどころか、また途絶えてしまった。すると、コーヒーを入れていた景子が、カウンターの向こうから助け舟を出した。

「新入部員がとても多くて、ボールを打たせてもらえる時間がほとんどなかったんですって。それでつまらなくなって、やめちゃったのよね」

何のことはない、哲朗が意味をはき違えていただけだった。

茉莉也はけっこう緊張していて、打ち解けるにはまだまだ時間がかかりそうだった。しかし、やっぱり可愛いな、と間近で見てあらためて思った。

――オレの妹なんだよな……。

これが紛れもない現実だと思うと、何とも言えず、気分がうきうきしてくる。

ずっと父に抱いてきた反発心は、嘘のように消えていた。

だが、新たに知った事実によって、母喜久枝に自分がどう向き合うことになるのかは、考えることができずにいた。

「前に一度だけ、哲朗くんに会ったことがあるって話したでしょ。そのとき撮った写真があるから、見せてあげるわね」

コーヒーが入って、景子は茉莉也の前にカップを置くと、自分の部屋から写真を持ってきた。

「これなんだけど、哲朗くん、憶えてないかしら。まだ小学一年生だったから、無理かなぁ」

差し出された一枚に、哲朗の目は釘付けになった。幼い自分とどこかの赤ん坊が一緒にベンチに座っていて、赤ん坊は真っすぐカメラのレンズを見ている。角度は微妙に違うが、父の携帯にも残っていた写真だ。

「この赤ん坊って……」

「茉莉也よ。場所は立川の昭和記念公園」

「この写真、オヤジの携帯にもあった。そうか、そういうことか……」

哲朗と茉莉也をベンチに座らせて、父と景子がそれぞれシャッターを切ったのだ。だから微妙に角度が違っている。

昭和記念公園と聞いて、記憶がぼんやり甦るようだった。

「列車みたいな形の乗り物に、乗ったような気がする」

「パークトレインでしょ。四人で一緒に乗ったのよ」

景子はそう言って、柔らかいまなざしで二人を見た。

茉莉也は小首を傾げ、哲朗と写真を見比べている。

哲朗は、ベンチの自分たちと同じような位置で、いまソファに座っていることに気がついた。ただ、写真より二人は少し離れている。

十五年前に兄妹として写真に納まり、一緒に乗り物に乗っている、そう考えると何か不思議な感覚に囚われた。

ぼんやりとした記憶の中にこの赤ん坊はいないか、その母親はいないか、懸命になって思い出そうとした。だが、浮かんでくるものは何もなかった。

ただ、まったく記憶がないにもかかわらず、横にいる茉莉也を通して、景子と三人が昔から見えない糸で繋がっていたことを意識するのだった。

第六章　禁断の部屋

1

それから十日後の土曜の午後、哲朗は大学の正門前で茉莉也を待っていた。

彼女からメールをもらったのは一昨日だ。〝ママに頼んでメアドを教えてもらいました〟とあり、同じ大学を受験するかもしれないので、キャンパスを見学したい、案内してほしい、と頼まれたのだ。

先日、ようやく話すことができて、口数は少なかったものの、少なくとも異母兄を受け容れてくれているのは感じたが、メールをくれるなんて想像もしていなかった。

もちろん驚いたが、それ以上にうしれかった。とても丁寧な文面で、しかし他人行儀な硬さはなくて、親しみすら感じられた。

哲朗は快諾のメールを返し、今日、正門前で待ち合わせたのだ。

ほどなくして、茉莉也はやって来た。

道路を渡り、哲朗の姿を見つけると小走りで歩み寄り、ちょこんと会釈した。

「こんにちは」

「こんにちは。けっこう早かったね」

「遅れちゃいけないと思って、急いで来ました」

少し息を弾ませて、はにかんだ。表情はこの前よりさらに柔らかく、哲朗も自然に顔がほころんだ。こうして向き合ってみて、彼女の身長が景子とほぼ同じだということに気がついた。

いったん家に帰ったようで、私服に着替えて雰囲気がずいぶん変わっていた。とりわけ黒のキュロットとニーハイがキュートで、露出した太腿につい目が行きそうになって困った。

「早速だけど、案内するね。まずは、近場から行こうか」

正門の前は目立つので、すぐ構内に入った。

広いキャンパスのどこを案内するか、前もってルートは考えてあり、最初に入って正面にある講堂へ向かった。

主に全学的な行事や催事などに使用する大きな建物で、大教室としても使われている。高校生が大学の雰囲気を感じるにはちょうどいいだろうと思って中を見せると、茉莉也は目を丸くして興味深そうだ。

「なんかコンサートホールみたい。こんなところで授業もやるんですね」

「大学は授業じゃなくて、講義ね」

うんうんと頷きながら、茉莉也はやや昂奮の面持ちで通路を歩いて行く。席に腰を下ろして、座り心地を確かめたりもする。それからステージ前まで行くと、振り返って全体を見回し、また目を丸く輝かせた。

講堂を出ると、哲朗の文学部棟へ向かった。土曜の午後なのでいつもより学生は少なく、知った顔に会うこともないだろうと思っていた矢先、去年同じゼミだった植松《うえまつ》が前からやって来た。

見知らぬ女子を連れている哲朗に好奇の目を向け、わざわざすぐ横をすれ違いざま、にやりと笑ってみせた。数秒後にスマホの呼出し音が鳴って、見ると植松だったので、ため息が出た。

「ごめん、電話だ」

茉莉也に断って出ると、冷やかしの声が耳に響いた。

「おいおい、どうしたんだよ、可愛い子なんか連れちゃって。ようやくカノジョ、できたのか?」

「違うよ、そんなんじゃねぇよ」

「いいよいいよ、黙っててやるから正直に言ってみな」

彼は有希とつき合っていたことも知らないらしく、哲朗に初めてカノジョができたと思って食いついてくる。だが、妹だと言うとかえって話がややこしくなりそうだ。

「親戚の従妹だよ。うちを受験するかもしれないって、見学しに来ただけだよ」

それを聞いて茉莉也が振り向き、植松に向かって軽く頭を下げた。カンの鋭い子だ。哲朗も振り返って見ると、植松はつられたようにお辞儀をして、何やら口ごもった。

「じゃあな」

さっさと切って、文学部棟へ向かった。

中を案内して回ると、茉莉也は室内を覗いたり、さまざまな掲示物に目を留めたりした。そこでも何人か、親しくはないが見知った顔がいて、ちらちら視線を向けられる。茉莉也もそれを感じているようだった。

哲朗は可愛い妹を連れて歩くのが愉しくなってきて、カノジョと勘違いされている気配を、満更でもないと思えるのだった。

文学部棟をひと通り見終わる頃には、初対面のぎこちなさが嘘のようにかなり打ち解けてきて、二人は自販機で飲み物を買い、中庭のベンチでひと休みすることにした。

「わたし、初めて会ったとき、すごく無愛想だったでしょ。ごめんなさい」

「緊張してたんだよね。それはオレも同じ。しょうがないよ、いきなりでアクシデントみたいなものだったから」

「わたしにお兄さんがいるっていうことは、前に聞いてたんだけど、いきなり家にいるからビックリしちゃって……」

腹違いの兄がいることを前もって茉莉也に教えていたという話は、彼女と初めて顔を合わせた翌週に景子から聞いていた。

さらに一昨日、彼女から来たメールによると、異母兄のことを教えたのは、知也がいつか二人を会わせたいと考えていたからららしい。哲朗には意外な話だったが、それが実現する前に亡くなったので、哲朗が大学を案内してくれることになって、知也も喜んでいるだろうと結んであった。

「あのときはいきなりだったから、オレも驚いたな。でも、こんな可愛い妹だってわかって、ホントにうれしかったよ」

「やだ、もう……」

打ち解けついでに本音を洩らすと、茉莉也は照れ隠しなのか、彼の腕を摑んで揺すった。やんわり巻きつく手指の感触に、ドキッとさせられる。景子とよく似た細くて長い指だった。

「手の形とか、お母さんに似てるね」

「そうなの。お兄さん、よく見てるのね」

そう言って、目の前で手のひらと甲を返して見せた。哲朗は思わずその手を握ってしまってから、まずかったかなと慌てた。

茉莉也は一瞬、びくっとして、引っ込めようかどうしようか、迷っているようだった。

「あのね、従妹ってことにしたから、ここではお兄さんて言わないように」

さり気なさそうに手を離し、話を逸らした。茉莉也は少し考えるような顔つきで黙ったかと思うと、ふいに瞳をキラキラさせた。

「名前で呼んでもいい？」

「いいよ」

「じゃあ、哲くん」

自分で言って、さも気に入ったように頷いた。

そんなふうに呼ばれたことは一度もないが、思いのほかしっくり来る響きだった。ずっと前からそう呼ばれている感じもして、茉莉也と何度も会っているように錯覚してしまう。

「それじゃあ、茉莉也ちゃんは……」

「あっ、それがいい」

哲朗の口元を指さして、茉莉也はにっこり頬笑んだ。お互いに名前で呼ぶとなると、いっそう親しみが湧くだろう。血を分けた妹の存在が、あらためて新鮮に感じられた。

それから哲朗は、さらにキャンパスの奥の方を案内した。サークルのボックスが入った建物の向こうは弓道場、剣道場、テニスコートがあり、茉莉也の希望でしばらくテニスを見物することにした。

ところが、サークル活動ではなく体育の時間だったので、見ていても面白くなくて、金網越しに眺めながらまたおしゃべりになった。

「オヤジとは、ときどき会ってたの？」

「パパは月に三回か四回か、多いときは週に二度くらい家に来てた」

「けっこう会ってたんだね」

「でもママとは外でもっと会ってたみたい。そんなに仲がいいんだったら、どうしてママと結婚しなかったんだろうって言ったんだけど……」

「そうしたら、なんて？」

「いろいろ難しいことがあるのよって、ごまかされた」

彼女の話を聞きながら、やはり母とギクシャクしていたのとは大違いで、〝オヤジにとっては、景子さんと茉莉也が本当の家族だったのか〟という思いが胸の奥にあった。

「でもさあ、どうして哲くんとわたしを一緒に連れて出かけたのかな、あの写真の公園」

「それは……」

茉莉也が生まれたときから、二人を会わせるつもりだったからだ。景子から聞いた話で、そう思った。

もしかしたら父は、喜久枝と離婚して、哲朗を連れて景子と一緒になることを考えていたのではないか、という気もしてきた。

「パパにとってはどっちも自分の子だから、一緒に連れて行きたかったのかな」

「そうか。そういうことか……」

茉莉也の言葉が、いま思いついたことを確信に変えた。思春期以降、あれほど反発したりしなければ、それは現実のものになったかもしれないと思うのだ。

「もう一度、二人で行ってみない、あの公園」

「昭和記念公園だっけ。面白そうだね、それは」

記憶が甦ることはないにしても、茉莉也と二人で行けば、それこそ父は喜ぶかもしれない、そんな思いが胸をよぎった。

話はあっという間に決まった。景子が遅番の日を選んで、帰りの時間を気にせず遊ぼうということになった。

「期末考査が終われば、サボッても全然平気だから」

茉莉也は素晴らしい思いつきを自画自賛するように上機嫌だ。哲朗も可愛い妹を連れて遊びに行くことで、すっかり有頂天になっていた。

キャンパスの案内はそこまでで終わりにして、一緒に電車で帰った。途中駅で別れるとき、茉莉也はにこにこ顔で手を振っていた。

景子から電話があったのは、その夜、そろそろアルバイトに出かけようかというときだった。あちこち案内してもらったみたいで、どうもありがとうと礼を言われた。

「茉莉也はあなたのこと、ずいぶん気に入ったみたい。真面目でとってもやさしい人だって、しきりに言うのよ」

哲朗にとってはうれしいことだが、彼女の言い方はどこか棘《とげ》があるようだった。

——もしかして、嫉妬？

そう考えたりもしたが、どうやら真意は別のところにあったようだ。

「これからも仲良くしてあげてね、血の繋がった妹として」

最後にわざわざ〝血の繋がり〟を言ったのは、何か間違いがあってはいけないと釘を刺したのだ。帰宅した娘の様子を見て、母親として何かピンと来るものがあったのだろう。

浮かれ気分に水を差される形になった哲朗は、茉莉也が血を分けた妹であることを、あらためて意識せざるをえなかった。

2

茉莉也の期末試験が終わると、早速、立川の昭和記念公園へ出かけた。景子が遅番の日を選んだのは最初の提案通りだが、茉莉也は結局、今日のことを彼女に話していないらしい。

「なんだか秘密のデートみたい」

駅で待ち合わせて電車に乗ると、茉莉也はこっそり耳打ちしてきた。

哲朗は前もってアルバイトを休みにしてもらったが、彼女は体調が悪くなったと言って午前中に早退した。しかも、駅のトイレで私服に着替えたので、親にも学校にも内緒のデートといった気分でいるのだろう。

おかげで景子に釘を刺されたことが頭をよぎり、棘のある言葉が、ベッドで聞く甘い囁きとない交ぜになって甦った。

景子とはあれから二度会っている。自分は父の代わりだという意識が残っていて、気持ちはやはりどこか冷めているのだが、体は欲望に駆られて昂ぶり、快楽を貪り合った。

その娘である茉莉也と、こうして内緒で遊びに行くことに後ろめたさは感じるが、自分にとっては妹なのだから、一緒に出かけて何が悪いと、景子に言われたことを逆手にとって言い訳にするのだった。

昭和記念公園に着いたのは、昼少し前だった。ここは昭和天皇在位五十年を記念してできたもので、在日米軍基地の跡地を利用した広大な国営公園だ。園内の何カ所かにレストランや売店があり、そのどこかでランチをするにしても、あまりにも広いので、レンタサイクルを借りることにした。

マップを見ると、きちんとサイクリングコースが整備されていて、自転車なら広い園内を短時間で移動できる。

茉莉也は薄手のダウンを着て、キュロットの下にはタイツを穿いている。風を切っても寒くはなさそうだが、平日で空いているので、並んでおしゃべりしながら、のんびり自転車を走らせた。

広い公園の中ほどにあるレストランで食事をしてから、昔、四人で乗ったというパークトレインに乗ってみた。列車のように車両を連結した乗り物だが、タイヤがついていて、レールではなく道路を走るものだ。

「けっこう揺れるね」

「そうだね。こんなに揺れたかなあ……やっぱり忘れてるな」

「でも、これで園内を一周できるって愉しそう」

「自転車とは違うコースだから、これはこれで面白いね」

流れていく周りの風景を眺めながら、哲朗は小学一年生のときの微かな記憶を手繰っていた。すると、揺れる車内の様子から、ぼんやり浮かび上がるものがあった。右側に父がいて、左隣の女の人と頭越しに話をしているところだった。

相手の顔など思い出せるはずもないが、それが景子だったのだろう。赤ん坊を連れていたようにも思えるが、はっきりしなかった。あの写真を見ているから、そんな気がするだけかもしれない。

だが、一緒に乗ったのは間違いないことだと確信できた。

「どうかした?」

哲朗が黙り込んでしまったので、茉莉也が心配そうに声をかけた。

「思い出したんだ、昔、一緒に乗ったこと。茉莉也ちゃんのお母さんがこっちに座ってて、オヤジと話をしてて……」

茉莉也が驚いて目を丸くした。

「すごいね、憶えていたなんて……で、わたしのことは?」

「ごめん。思い出せない」

残念そうにくちびるを尖らせる茉莉也の横で、哲朗はこみ上げるものを感じて、目頭が熱くなった。

やがて目の前に池が見えてくると、茉莉也がうれしそうな声で指をさした。

「ボートに乗ってみたい。哲くん、ボート漕げる？」

「漕げるよ、もちろん」

「よかった。じゃあ、乗ろうよ」

池に近い停車所で降りると、歩いてボートハウスに向かった。ここも空いていて、待たずにすぐ乗れた。茉莉也はペダル式のものに女の子同士で乗ったことしかなくて、オールで漕ぐボートに憧れていたのだという。

「それって要するに、カップルでボートに乗るのが夢だったってことだよね」

「えへへ、バレた？」

「バレるもなにも、まんま言ってるし……」

茉莉也はボートに揺られながら、ニコニコうれしそうに池の周りを眺めている。

何気なくタイツに包まれた彼女の脚に目が行って、なぜか大学を案内したときの、ニーハイから露出した白い太腿が頭に浮かんだ。

あのときは不躾な視線を向けないようにしていたのに、妹の太腿を意外とよく見ていたことに気づかされた。

「哲くん、カノジョいるんでしょ」

ふいに茉莉也がどうでもいいことのように言うので、つられてあっさり答えた。

「いないよ」

「うっそぉ。やさしいから絶対いるって思った」

今度は大げさなリアクションで信じられないといった口ぶりだが、そのわりに表情は穏やかで、安堵の色が浮かんでいる。明らかに血を分けた兄を見るのとは違う目をしている。

「ちょっと前までいたんだけど、別れちゃった」

「ふ〜ん。そうなんだ」

有希のことを言ったのに、脳裡に浮かんだのは景子の顔だった。怖い目で睨んでいる。その横に父もいて、こちらは無表情で見つめるだけだった。

妙なものが頭に浮かんだと思い、振り払うように彼女に水を向けてみた。

「茉莉也ちゃんは、どうなの」

「一年くらい前にはいたんだけど……」

うまく行かなくてすぐ別れてしまったのだという。何となく言いにくそうなので、まだ引きずっているのかと思って話はそれきりにしたが、その相手とどの程度まで進んだのか、気になって仕方がない。ざわざわと胸が騒ぎだして、自分も茉莉也を妹として見ていないことを認めるしかなかった。

するると、景子に釘を刺されたのがどうでもいいことに思えてきて、こうして茉莉也と内緒で出かけたことにも、後ろめたさは微塵も感じないのだった。

時間になったのでボートハウスに戻ると、降りるときに茉莉也に手を差し伸べ、彼女も自然と摑まってきた。

ボートから下りても二人は手を繋いだまま歩いた。茉莉也は高校時代の哲朗のことを知りたがり、部活や文化祭、修学旅行など、思い出に残っている話をすると、うちの学校はこうだと言って話の腰を折り、しばらくしゃべり続けては、また彼の話を興味深そうに聞き入った。

自転車を置いてきた停車所まで戻ると、もうそれが当たり前になっていて、次の場所に移動すると、降りてまた手を繋いだ。

そうやっておしゃべりしながら散策しているうちに、何となく恋人気分に包まれるようで、おそらく茉莉也も同じことを感じていると思うと、気持ちはますます昴ぶった。

自転車だから移動には時間がかからない。あたりがうっすら暮れかかる頃には、園内をひと通り回ってしまった。

「あとはここくらいか……こもれびの丘だって」

「なにがあるのかな」

「わかんないけど、行ってみる？」

イルミネーションが人気らしいので見て帰ろうという話はしていたが、どうせだからその前に、こもれびの丘へ行ってみようということになった。

「これで完全制覇だな」

そう言って自転車に跨り、茉莉也と並んで走りだした。

3

こもれびの丘は、公園の北半分を囲むように走るサイクリングコースのすぐ内側にあった。

自転車を停めてしばらく坂を上ると、わりと平坦な道が長く伸びていて、雑木林の中を歩いているようだった。

「静かだね」

「全然、人がいないね……」

「なんにもなくて、ただの林みたいなもんだから人気がないんだな、きっと」

マップでは細い道が並行したり交わったりしているが、木々の向こうに人影はまったくなかった。下を走るサイクリングコースも、樹木に隠れて見えない。

「ここだけ別の空間みたいだな……」

ずっと恋人気分にひたっていた哲朗は、広大な公園の中で、この一画だけ隔離されて人の目が届かないような錯覚に囚われて、足を止めた。手を繋いでいる茉莉也も立ち止まった。

「だ～れも見てないぞぉ～」

おどけた調子で茉莉也に抱きついた。といっても強く抱きしめたわけではなく、冗談めかして両腕を軽く背中に回しただけで、彼女が「イヤァダァ」などと同じ調子で体を捩れば、それでおしまいになるはずだった。

ところが、黙って固まってしまったので、哲朗もそのままになった。

俯いた茉莉也の髪が頬に触れている。薄手のダウンを通して体の感触が伝わって、鼓動がドキドキ高鳴った。華奢に見えるわりに、意外と肉がついている。

少し顔を動かすと、頬が彼女の額に触れた。外気に晒されてお互いの肌は冷たいが、触れたままでいると、じわっと温かくなった。

「茉莉也ちゃん……」

かける言葉が見つからなくて、ただ名前を口にしてみたが、かすれて緊張が露わになるだけだった。

茉莉也も全身を棒のように強張らせていたが、頬を離して表情を窺うと、俯いていた顔を上げた。怯えるような、戸惑うような瞳が、微かに揺れている。

哲朗も戸惑ってはいたが、昂ぶりは治まる気配もなく、抜き差しならないところへ自身を追い込んでいくだけだった。

──茉莉也ちゃん……。

心の中でもう一度呟くと、くちびるが引き寄せられるように茉莉也を求めていた。彼女はそっと目を閉じ、息を止めてその瞬間を待っている。くちびるがわずかに触れ合ったとたん、茉莉也の体はさらに強張り、くちびるが固く閉じ合わされた。

──初めてなのか……。

そんな気がして、無理は絶対にいけないと思った。

羽根のようなタッチで触れては離れ、触れては離れしてみる。それでくちびるが触れ合う感触に慣れてくれそうな気がした。

さらに、くちびるを挟むように軽く触れたり、口の端から少し頬の方へ寄ってみたり、習慣として身についている、戯れるようなくちづけを続けた。

茉莉也は堪えきれずに鼻から息を吐くと、そのまま静かに呼吸を続けた。

彼女の体から力が抜けるのを感じ、いとおしくなってぎゅっと抱きしめると、股間がむずむず疼きはじめた。

舌先でくちびるをちょっと舐め、鼻の頭にも軽く触れてみる。それから再び戯れるようにあちらこちらを彷徨った。

固く閉じていたくちびるは、いつの間にか緩んでいた。だが、舌を入れるのはまだ早い気がして、その隙間を舌先ですっと横に掃いた。

何度か繰り返すうちに隙間は広がり、舌が軽く前歯を擦った。

小さな歯を二度三度なぞると、ふいに軟らかな舌先が触れた。茉莉也がおずおずと口を開いたのだ。

ほんのわずかな隙間だったが、一度開くともう閉じることはなかった。

くちびるを重ねたまま舌と前歯を擦り続けると、茉莉也の吐息がみるみる荒くなった。それにつれて口はさらに開き、だんだん無防備になっていく。

哲朗は思いきって舌を伸ばし、口内に侵入した。茉莉也の舌の表面を擦ると、意外なことに、彼女はそれに応えて擦り返してきた。

縦に軽く弾くと同じように応え、むしろ強めに舌が動いた。しかも、おずおずとではあるが、哲朗の腰に手を回してきた。

——初めてじゃないんだ。

勢いづいた哲朗は、いったん舌を引っ込めて唾液を呑み込むと、あらためて差し入れて、ねっとりからめてみた。

茉莉也は舌を伸ばしてしばらく預けていたが、そのうちに自分からも動かすようになった。だが、いかにもぎこちない。

舌の使い方を教えるように、哲朗は弾いたり、擦ったり、ぐるぐる回したりといった動きを、茉莉也が真似をして慣れるまでと思って続けた。

ふいに遠くで人の声がした。

哲朗も茉莉也も、舌の動きが止まった。くちびるを重ねたまま目を向けると、薄闇が広がる木々の間を、女性の二人連れがこちらに向かって歩いて来る。

だが、昂ぶりと勢いに任せて、哲朗はそのまま離れなかった。

話し声はさらに大きくなり、やがて二人は哲朗たちに気づいて足を止めた。

――見られている……。

恥ずかしさより昂ぶりが勝って、背筋がぞくぞく痺れた。股間がにわかに強張って、押しつけたい衝動に駆られるが、そうもいかないだろう。

立ち止まった二人は、顔を見合わせて何やら話をすると、踵《きびす》を返して来た道を戻っていった。

ここは別世界でも何でもなく、たまたまさっきまで人がいなかっただけだとわかったが、いまさら躊躇う気持ちは起きなかった。

「大丈夫、行っちゃったよ」

くちびるを少し離して教えると、茉莉也は安堵のため息をついた。温かく甘い吐息だった。いとおしい気持ちがさらに高まり、ぎゅっと強く抱きしめて、耳元にくちびるを寄せた。

「好きだよ、茉莉也ちゃん」

溢れる思いが言葉になってこぼれ、茉莉也もまたしっかり腰にしがみついてきた。哲朗はそのときになってようやく、血の繋がった妹とくちびるを重ねていることを意識した。

景子の顔が浮かび、釘を刺されたあの言葉が脳裡に響いた。後ろめたい気持ちが胸に広がりかけたが、昂ぶりがすぐに押し流していった。

もう一度くちびるを重ねると、二人ともに舌を入れ、擦り合った。茉莉也はさっきよりさらに動きがよくなっている。

彼女の背中から腰へ手を下ろし、ぐいっと引き寄せるのと同時に腰を突き出した。股間の強張りが茉莉也の下腹に当たって気持ちいい。

とうとう押しつけてしまった、と思うと抑えが利かなくなりそうだ。しかし、あたりは闇に沈みはじめ、どんどん冷え込んでくる。誰もいないからといって、いつまでもここにいるわけにはいかなかった。

4

予定していたイルミネーションを見ることなく、冬の星空を仰ぎ見ながら、哲朗と茉莉也は公園をあとにした。

電車に乗ると、手を繋いでぴったり寄り添った。何も言葉を交わさなくても、気持ちはすでに通じ合っている。

「ママは遅番だから、うちに来て」

茉莉也が口にしたのは、哲朗が考えていたことと同じだった。

ちょうど乗り換えの必要がない直通電車に間に合ったので、三鷹には二十分ちょっとで到着した。

コインロッカーから茉莉也の荷物を出してマンションに帰ると、長い冒険の旅が終わったような安堵感に包まれた。だが、本当の冒険はこれからだった。

エレベーターで六階の住人と乗り合わせ、茉莉也が軽く会釈したので、よく知っている人なのかとドキッとしたが、哲朗は知らぬふりを決め込んだ。

その中年婦人が横目でちらちら見ていたのは、茉莉也が私服なのが気になったのか、あるいは哲朗が彼女のカバンを持ってあげていることだったかもしれない。

降りてから訊いたところ、茉莉也は挨拶だけで話をしたことはほとんどないが、景子は立ち話くらいはしているという。少し不安はよぎったが、いまさら気にしても始まらないので、忘れることにした。

茉莉也の部屋は、景子のところより狭いが、ベッドがシングルなので見た目の感覚はそれほど変わらなかった。

エアコンのスイッチを入れ、ダウンジャケットを脱いだ茉莉也を抱き寄せると、くるりと反転して正面を向いた。間近で見つめ合い、そっとくちびるを重ねた。公園のときより余裕があって、お互いにすぐ舌を入れようとはしなかった。くちびるの感触を味わうようにやさしく触れ合い、背中や腰、肩を愛撫する。

茉莉也は力を抜いて身を委ねていたが、セーターの裾から手を入れると、思い出したように体を離した。

「暗くしてもいい？」

「明るいと恥ずかしい？」

こくんと頷くと、机のライトを点けて、いちばん弱いところに調光した。部屋の明かりを落とすと、まるで薄闇の丘に戻ったようだった。

だが、部屋はすぐに暖まり、茉莉也は自分からセーターを脱いだ。もう一度抱き寄せてベッドに腰を下ろし、くちづけを交わし、体のあちらこちらを愛撫しながらどんどん脱がせていく。

自分もさっさと脱いで、茉莉也はブラジャーとショーツ、哲朗はブリーフ一枚になった。下着だけで抱き合い、くちびるを重ねると、茉莉也はぎこちないながらもさらに積極的に舌をからめてきた。

やはり経験はそれなりにあるのだろうと、遠慮しないでバストを揉みあやしたが、息をあえがせて身を屈めるあたり、それほどでもないのかと思えてくる。バストはBカップくらいだろうか、景子のようなボリューム感はない。まだないと言った方がいいのだろうか。頻繁に揉みしだけば、まだまだ大きくなるかもしれない。

敏感なのか経験が浅いだけなのか、とにかく息荒くあえぐので、じかに乳房を揉んでみたらどうだろうと、ブラジャーのフックを外した。

「あんっ、恥ずかしい……」

「暗くしたから平気だよ。そんなに恥ずかしがらないで」

「でも……ああん……」

薄暗くしても消え入る声で恥ずかしがるのは、裸にされるのに慣れていないということか——ますますわからなくなり、早く全裸に剝いてしまおうと気が逸った。

生の乳房を暴いて仰向けに寝かせると、やんわり揉みあやし、ついでに乳首を擦って尖らせた。

「ああ……あああん……ああ……」

とにかく敏感なのは間違いなさそうで、乳首を転がしたり擦り上げたりすると、途切れ途切れの声が甘く響くようになった。

勢いづいた哲朗は、口に含んで舐め転がし、さらに甘咬みも試みた。茉莉也は体をバネのように仰け反らせ、洩らす声がますます鼻にかかってきた。

──かなり感じてるな。

哲朗はそう確信して、乳房から手を這い下ろし、ショーツ越しに秘丘から谷間にかけてまさぐった。だが、指の先に湿り気は感じるものの、思ったほどではなさそうなので、確信は揺らいだ。

自分ではセックスにかなり慣れてきたつもりだったが、相手の経験や感じ方の違いを推し量れるほど成長していないことを思い知らされ、気持ちに焦りが生じた。

ウエストのゴムを潜ってヘアをいじり回すと、反射的に太腿が強張った。秘丘はささやかな若草で覆われていて、その先の谷間は、やはり濡れてはいるものの、溢れるほどではなかった。

指先の神経を研ぎ澄ませ、花びらの感触を確かめる。表面はぬるっとしているが、綻ぶほどの厚みも軟らかさもなく、ただの縦筋に近いものがあった。

こうなるともう、じかに確認しないわけには行かなくなってきた。ショーツを脱がせにかかると、茉莉也はあえぐ息で呟いた。

「……やさしくして」

「もしかして、初めて……なわけないよね」

曖昧に頷くので、どういうことかと訝り、あらためて尋ねると、正直に話してくれた。

経験したのは一年前、好きだった男子とつき合いはじめ、求められるままに体を開いたが、いざ結合となると痛くてたまらなかった。何とかひとつになれたものの、彼が本格的に動きはじめようというところで、どうにも我慢できなくて中断してもらった。

二度目のときも同様、とりあえず挿入しただけで、射精もできないまま中断の憂き目に遭わせてしまった。

「だから、経験済みではあるけど、本当の意味で体験したとは言えないと思う」

話を聞いて、哲朗はようやく気持ちの焦りを抑えることができた。そして、かつての自分を見るような気がして、ますます茉莉也がいとおしく思えてきた。

5

「そのときの相手はどんな人？　わりと経験してる人だったのかな」

「一年先輩。経験は、どうかな……わたしが二人目だったみたいだけど」

「巧くリードしてくれた？」

「……夢中だったから、よくわかんない」

哲朗はどうしたら痛い思いをさせずにすむかを考えていた。だが、自分がこういう立場になることは想定していなかったので、不安がつきまとう。

——とにかく、もう少し濡れてくれないことには、どうにもならないな……。

思いつくことといえばそれくらいなので、当たって砕けるしかなかった。

「いずれにしても、よく濡れてからなら大丈夫さ」

楽観的なもの言いは、茉莉也を安心させるためであり、自分の気を楽にするためでもあった。ショーツを脱がせて秘裂に指を這わせると、花びらをくつろげ、敏感な肉の芽をさぐった。

ぽつんと触れるのが包皮かもしれない。やさしく円を描きながら力加減を計ると、茉莉也の腰が急に落ち着かなくなった。感じているとわかって、皮を剝いてみた。肉芽をじかに転がすと、腰つきがさらに妖しくなった。

気をよくしてさらに揉み込んだとたん、

「痛っ……」

甲高い声とともに腰が逃げた。

「ごめん。ちょっと強かったね」

「うん……でも、大丈夫」

茉莉也は息をあえがせ、健気に頰笑んだ。

仕切り直して、もう一度花びらをくつろげ、わずかに滲んだ蜜を指にまぶした。ぬるっとした指先で肉の芽をなぞり、やさしく円を描いたり擦ったりすると、茉莉也は腰をくねくねさせた。

「あん……あっ……あん……」

気持ちよさそうに鼻から息が抜けるので、戻って蜜穴をさぐると、ぬめりが増していた。それを掬って肉の芽に塗りつけ、柔らかいタッチでいじり回した。

「ああん……ああっ……ああん……」

あえぎ声が鼻にかかって甘く響きだしたので、その調子で愛撫を続けながら、さらに蜜が洩れるのを待った。

しばらく続けると、花びらが開き加減になり、溝の底にわずかに蜜溜まりができた。中指の先で掻き混ぜ、試しにそっと蜜穴に差し入れてみた。

「あっ、あぁっ……」

指は入って行くが狭い。逆の言い方をすれば、狭いけれども入って行く。ほんの少し抜き挿ししてみると、きゅっと締めつけられ、ペニスの挿入感を想像すると何とも気持ちよさそうだ。

「やっぱりそうだね。よく濡らせば大丈夫だ」

自分に言い聞かせるように呟くと、茉莉也は声にならないあえぎを洩らしながら、うんうんと頷いた。

「もっと気持ちよくしてあげる」

茉莉也の脚を広げ、その間に蹲って秘処に顔を埋めると、発酵が進んだような乳酪臭が鼻を衝いた。部屋を暗くしているおかげで、匂いがいっそう際立つようだ。

恥ずかしがって脚を閉じようとするので、太腿を下から抱え込んでしまい、匂いの元に舌を伸ばした。溝をひと舐めしただけで、茉莉也の腰がびくっと跳ねた。

「いやぁ、哲くん……恥ずかしい……」

だが、肉の芽を皮ごと舐め上げると、小刻みに揺れはじめ、さらに舌を尖らせてぐりぐり揉むと、断続的に大きく波を打った。指と違って、舌なら少々強めでかまわない。

茉莉也の愛蜜は景子ほど酸味を感じないが、秘処の匂いはむしろ強いくらいだ。半日たっぷり遊んだから、分泌物が溜まっているのだろう。綺麗に舐め取ってやるつもりで舌を使うと、腰の揺れはさらに強くなった。

だが、蜜を全部舐め取ってしまってはまずいことに、ふと気がついた。挿入するときに、たっぷり濡れた状態でなければいけない。

哲朗は少し前に身を乗り出して、蜜穴に中指を挿入した。締めつけは相変わらずだが、さっきよりスムーズに抜き差しできる。蜜が溢れているせいか、それとも蜜穴そのものが熟《こな》れてきたのか、いずれにしても、ペニスを挿入しやすくなったのは間違いない。

指先の感触を頼りに狭い穴の中をさぐっていると、凹凸の粗いところが見つかった。軽く圧迫するように指を振動させると、〝そこよ〟という景子の声が聞こえた気がする。

「ああん、いやぁん……」

茉莉也は身を反らしてよがり声を上げた。さらに、かくっ、かくっと腰を震わせ、そのたびに仰け反った顎が揺れる。

哲朗は指を小刻みに振動させながら、真上からクリトリスに舌を伸ばした。尖らせた舌先で皮を剝くように、ちろちろ舐める。それだけで腰の震えが大きくなり、逃げる肉粒を舌で追い回すことになった。

限りなく未経験に近い茉莉也をここまで感じさせていることに感動を覚え、昂ぶりに拍車がかかった。

舐めるだけでなく、吸いつくのも効果的なので、攻め手を替えながら中指の抜き挿しを続けると、だんだん指がつらくなってきた。だが、その頃には愛蜜がたっぷり溜まって、絶好の潤滑剤になりそうだった。

哲朗は指を入れたまま体を起こし、逸物にしごきをくれた。勃起していつでも挿入できる状態だが、その前に茉莉也の手を取って握らせてみた。

虚ろな顔をして悶え続ける彼女は、導かれるままペニスを握ったが、力が入らなくて、ただ竿を手で包むだけだった。

ところが、眠り姫にイタズラしているようなその感触が、異様に昂奮をかき立てた。しごく力もない手に、腰を振ってペニスを突き込むと、本人の知らぬ間にこっそり犯しているような猥褻感を味わえるのだ。

——しごき方は、あとでたっぷり教えよう。

哲朗は逸物を彼女の手から離し、広げた両脚の間に腰を据えた。

「挿れるよ、いいね」

茉莉也は頬を上気させ、蕩けそうな瞳で頷いた。

亀頭をぽつんと見える蜜穴にあてがい、じわりじわりと押していく。狭い穴を割り広げ、ぬめぬめした摩擦感が亀頭の表面を這い、全体をゆっくり呑み込んでいく。じーんと心地よい痺れが、先端から竿を通って肛門へ走り、さらに背筋を這い上がった。

「……あっ……ああんっ……あうっ……んむうっ……」

茉莉也はしだいに絞るような声に変わり、さらにくちびるを固く引き結んで押し殺した。

奥まで突き入れるのは厳しそうなので、中ほどまでに留め、ゆっくり静かに抽送を始めた。ストロークもかなり短めにして、極力痛い思いをしないですむように気遣った。

そんな控えめな抽送でも、快感は確実に高まっていく。やや生硬い膣壁が亀頭を擦る感触は、静かにスライドさせるほどリアルに伝わる。

抽送はつい大きくなりがちだが、何とか抑えながら腰を使っていると、しだいにスムーズに動けるようになった。

くちびるを引き結んでいた茉莉也も、いまはうっすら喜悦の表情を見せている。

「大丈夫？　痛くない？」

哲朗の問いかけに、うんうん頷きながら、口元に笑みを浮かべた。ときおり蜜穴が収縮して、ペニスを締めつけるのを、彼女も感じているだろうか。

「締めてるよ、わかる？　気持ちよく締めつけてる」

茉莉也は何度も頷いて、秘丘のあたりを見つめていた。

少しだけ抽送を速めると、快感はさらに高まり、わずかに射精欲が兆した。だが、ストロークをもっと大きく、速くしないことには、発射まで行けるかどうかは心許ない。

哲朗は茉莉也に協力してもらうことを思いついて、ゆっくり体を前に倒し、覆い被さる体勢で肘をつくと、彼女の頭を抱え持った。

「乳首、舐めて……」

胸板が鼻先に触れるほど接近すると、茉莉也は舌を伸ばした。その舌先に乳首を近づけると、緩慢な動きでちろっと舐めた。その瞬間、甘い痺れが体を走り、逸物がひくっと強く撓った。

「もっと舐めて」

茉莉也はあえぎながら舐め続けてくれ、射精欲がみるみる高まった。

「イクよ……ああ、イクよ……」

「ダメッ……出しちゃダメッ……ああ、ダメ……」

茉莉也が急に叫びだしたので、慌ててペニスを引き抜いたが、一瞬の差で暴発してしまった。茉莉也の腹部に飛んだのは、おそらく半分くらいだったろう。

「お兄さん……」

「危ない日だったのか……」

背筋を冷たいものが流れた。釘を刺した景子の言葉が再び甦り、快楽の余韻をあっさりと押し流していく。

だが、茉莉也の顔には喜悦の色がはっきり残っていて、目が合うと蕩けてしまいそうな笑みを浮かべた。それにつられるように哲朗も笑みを返したが、頭の奥の方で、まだ景子の声が微かに響いていた。

＊この作品は、書き下ろしです。また、文中に登場する団体、個人、行為などは実在のものとはいっさい関係ありません。

二見文庫

父《ちち》の愛人《あいじん》の匂《にお》い

著者　深草潤一《ふかくさじゅんいち》

発行所　株式会社 二見書房
東京都千代田区三崎町2-18-11
電話 03(3515)2311 [営業]
03(3515)2313 [編集]
振替 00170-4-2639

印刷　株式会社 堀内印刷所
製本　株式会社 村上製本所

落丁・乱丁本はお取り替えいたします。
定価は、カバーに表示してあります。

ISBN978-4-576-16186-0
http://www.futami.co.jp/